Rudolf Matthias Schmolz

DIE UNTOTEN VOM HARTBERGE

Eine Erzählung

ZWIEBELZWERG VERLAG
Willebadessen & Düsseldorf
1991

Danksagung:

Die Drucklegung dieses Buches wurde ermöglicht durch die hochherzige Unterstützung mit Geldspenden von der MARKTGEMEINDE LANGENZERSDORF, Kulturreferat,

von der
NIEDERÖSTERREICHISCHEN LANDESREGIERUNG,
Kulturreferat

und von der
VOLKSBANK STOCKERAU reg.Gen.m.b.H., Zweigstelle Langenzersdorf.

Für diese Hilfestellung dankt der Autor
Rudolf Matthias Schmolz

1. Kapitel

In Untersteinhausen an der Großen Selter begann der Tag, wie jeder andere auch.
Der Bäcker hatte vor zweieinhalb Stunden als erster die Rollbalken hochscheppern lassen, das war das akustische Signal für die Gemischtwarenhandlung gegenüber, daß Brot und Gebäck fertig seien.
Jetzt sperrte die dicke Greißlerin die Ladentüre auf und löste von innen die Sperre des Scherengitters, welches sie rasselnd zur Seite schob.
So, wie die Gläubigen zur Kirche eilen, wenn die Glocken ertönen, kamen nun die Frauen aus den Haustoren. Grüße wurden gewechselt nach herkömmlichem Brauch, aber manch schiefes Lächeln zeugte davon, daß die eine der anderen Nachbarin lieber ein Schmähwort zugerufen hätte.
Schuld daran war in vielen Fällen die Politik, welche die Einwohner von Untersteinhausen ebenso in zwei große und einige kleinere Lager teilte, wie in der Hauptstadt oder anderen großen Städten.
Sicher, es gab genug vernünftige Leute, welche das politische Bekenntnis der anderen achteten und nur eins dafür begehrten: Daß das eigene nicht verunglimpft wurde.
Doch wie es in der Welt eben so zugeht, waren die Klugen allemal in der Minderzahl und die Krakeeler warfen mit ihren Parolen um sich; Schlagzeilen aus den Parteiblättern, die ihnen das eigene Denken abnahmen.
Auch ohne Politik gab es Grund zu Familienfehden: Dort wuchs ein Nußbaum so hoch, daß er dem Nachbarn das Licht wegnahm und jener sich beim Bürgermeister beschwerte.
Der ließ den Baumbesitzer kommen und redete auf ihn ein: Er hätte von dem Nußbaum sowieso keinen Schatten, nur der Beschwerdeführer. Und die Nüsse - ach du lieber Gott - soviel könne er doch gar nicht brauchen! Und da er, wie bekannt, auch keine verkaufte, wären die Früchte des riesigen Baumes doch nur im Winter für die Krähen da.
So wurde der schöne, große Nußbaum in schweißtreiben-

der Arbeit umgeschnitten und sein Holz gab nach dem Trocknen für zwei Winter Unterzündmaterial.
Aber als der nächste Sommer kam, merkte der Nachbar, wie sehr ihm jetzt der Schatten fehlte. Unbarmherzig brannte die Sonne vom Vormittag bis zum Abend in seine Fenster; die Läden mußten geschlossen bleiben und statt in einen blühenden, duftenden Garten blickte er aus einem schwülen Zimmer auf die hölzernen Läden. Diese konnten nur bei schlechtem Wetter offen stehen und vor dem Regen mußten natürlich die Fenster geschlossen bleiben.
Schurig, so hieß der unbequeme Nachbar, wurde von Tag zu Tag, von Woche zu Woche übellauniger und er grüßte seinen braven Nachbar Reiser bald überhaupt nicht mehr, obwohl doch der nur seinem, Schurigs Wunsch nachgekommen war.
Das hatte sich schon vor vielen Jahrzehnten zugetragen, aber die Enkel waren einander zuwider, ärger noch, als dereinstmals die Großväter.

Dort, wo die Kleine in die Große Selter mündet, liegt die Ortschaft Obersteinhausen auf einem schwach ansteigenden Hang zu Füßen des Hartberges. Bergauf geht es durch raumen Mischwald, bis auf der Gipfelhöhe die alte Schloßburg der Grafen von Hartstein-Eggberg die Wanderung lohnt.
Es ist bis auf den heutigen Tag nicht eindeutig geklärt, ob der Berg nach den Rittern von Hartstein seinen Namen erhalten hat oder ob sich die Ritter nach dem Hartberg benannten. Aber so ist es nun einmal und so wird es auch bleiben, zumal das Geschlecht der Ritter von Hartstein ausgestorben ist. Ursprünglich als Ritterburg derer von Hartstein erbaut, blickte sie beherrschend über die Täler, Orte und Wälder der Umgebung. Als der Graf aus dem Geschlecht derer von Eggberg die letzte Hartstein ehelichte, bekam die neue Herrschaft damit den Doppelnamen.
Die Burg wurde umgebaut, nur der Bergfried und die Kapelle blieben in ihrem ursprünglichen Zustande. Hinter dem Altar lagen in ihren Grüften die abgeschiedenen Ritter und ihre Ehefrauen, um dort auf den

jüngsten Tag zu warten. Der riesige Palas wurde unterteilt. Eine mächtige Treppe führte in die oberen Räume; unten eine Vorhalle, links davon der Speisesaal, rechts ein Festsaal. Die Küche verblieb wie eh im Keller.
Von daher rührt das Sprichwort: Es wird nichts so heiß gegessen, wie es gekocht wird. Denn auf dem Wege von der Küche in den Speisesaal, eine fünf Meter hohe Steintreppe, kühlten die Speisen aus!
Oben wurden die Kemenaten in Schlafgemächer für die gräfliche Familie, die Kammerherren und Zofen gerichtet. Für alle anderen Dienstleute hatte man neben dem stehengeblieben Burgtor zwei Gesindehäuser erbaut, nach den Weiblein und Männlein säuberlich getrennt und mit einem Eckflügel für die Verheirateten...
Als die französische Revolution ausbrach, war der schon verwitwete Graf Hartstein-Eggberg alt und gichtig geworden. Seine Tochter hatte weggeheiratet und der junge Graf Hanno ging auf Freiersfüßen.
Schließlich hatte auch Graf Hanno geheiratet, die Braut war die Tochter des Bankiers Fischel aus der Hauptstadt. Nach der Hochzeit änderte man den Firmennamen der Bank auf FISCHEL von ECKBERG & FISCHEL. Der junge Graf ging mit seiner Frau in die Schweiz, wo er mit Unterstützung des alten Bankiers Fischel ein Schwesterunternehmen gründete.
Wie es sich zeigte, war das eine kluge Voraussicht, denn es sollte nicht mehr lange dauern, bis die Revolution überschwappte und in den europäischen Ländern Unruhen nach sich brachte.
Der alte Graf von Hartstein-Eggberg starb in dieser Zeit und das Gesinde verlief sich. Wohl hatte man ein treues Ehepaar, welches selbst kinderlos blieb, als Kastellan und Wirtschafterin eingesetzt, aber auch die konnten den langsamen Verfall nicht aufhalten.
Als die napoleonischen Kriege ausbrachen, hatte der alte Bankier Fischel andere Sorgen, als die unbenützte Burg, und Graf Hanno bewohnte mit seiner Frau und dem inzwischen neun Jahre alt gewordenen Sohn Urs in Lausanne ein Herrschaftshaus am See. Im Grundbuch war er wohl als Herr der Grafschaft eingetragen -

aber froh, während Napoleons Märschen nach Süden und Osten in einer Oase des Friedens und Blühens zu weilen. Freilich hatte der Empereur auch versucht, die Schweiz in die Krallen zu bekommen, aber das war ihm letztlich mißlungen.
Die Aristokratie als solche war in der Schweiz abgeschafft worden, aber ihre Titel durften die Adeligen behalten und auch vererben.
Das Schloß Hartstein-Eggberg wurde vom Zahn der Zeit angenagt. Abwechselnd waren französische und preussische Soldaten dort einquartiert gewesen. Alles, was nicht niet- und nagelfest war, wurde als Gebrauchsgegenstand requiriert oder als Andenken mitgenommen, nicht einmal die Heiligtümer wurden verschont, auch die Altarfiguren hatten Liebhaber gefunden.
Der Kastellan und sein Weib waren entwichen und wohl auch schon verstorben, keiner wußte mehr von ihnen zu berichten.
In der Bevölkerung hatten sich Gerüchte zu Sagen verdichtet: Zu Ende des Mittelalters sollte im Burghof vor der Kapelle eine Amme des damaligen Rittersöhnleins als Hexe am Pfahl verbrannt worden sein. Auch von einem preussischen Major ging die Rede, der von einem französischen Premierlieutenant ermordet worden sein sollte, und zu einer bestimmten Zeit kämen die Seelen dieser beiden hervor und flehten um den christlichen Segen, den man ihnen in der Sterbestunde verweigert hatte.

Obersteinhausen und damit Schloß Hartstein-Eggberg waren in Untersteinhausen eingepfarrt. Man hatte die Gerüchte an den Pfarrer von Untersteinhausen herangetragen und der hatte sich an den Bischof gewandt.
Der Bischof hatte Erkundigungen einziehen lassen, doch waren über die Hexenverbrennungen keine Protokolle aufzufinden. Und eine einzelne Feindhandlung, auch wenn sie ein feiger Mord und kein Kampf oder Duell gewesen sein sollte, konnte noch viel weniger ausgewiesen werden. Daher erteilte der Bischof den Rat, die Sache als Aberglauben anzusehen und es damit bewenden zu lassen. Der Herr Bruder in Christo möge aber

immerhin selbst entscheiden, ob er in der Ruine eine Exorzierung für sinnvoll halte.
Der biedere Pastor eignete sich die Ansicht vom Aberglauben an und sprach diese auch in der nächsten Predigt aus.

Am Wochenende darauf wurde im Schloßhof von einer Gruppe ausländischer Touristen ein unbekannter Toter gefunden.
Der Gemeindearzt, der gerufen worden war, schüttelte das graue Haupt und erklärte dem Kommandanten des Gendarmeriepostens, daß es eine solche Todesursache eigentlich gar nicht geben könne. Es sei denn, jemand glaubte das Märchen, daß der Satan seinem Opfer den Hals so umdrehe, daß die Nase zwischen die Schulterblätter zeige.
Der Postenkommandant hielt es für besser, die Angelegenheit der vorgesetzten Behörde zu überlassen und verfaßte ein Protokoll. Der Gemeindearzt fügte seine medizinischen Argumente hinzu, beide unterschrieben das Protokoll und ein junger Beamter des Postens wurde mit dem Bericht als Kurier in die Hauptstadt gesandt. Der unbekannte Tote kam einstweilen in die Prosektur des Krankenhauses von Untersteinhausen.
Vom Gemeindearzt war in der Hauptstadt ebenfalls angefragt worden, wohin die Leiche überführt werden solle, um die notwendigen Untersuchungen durchzuführen. Nach einigem hin und her, ohne das es bei Ämtern und Gerichten niemals abgeht, wurde ihm von oben der Auftrag für die Obduktion durch den Anatomen des Untersteinhausener Hospitals erteilt, jener sei als geeignet amtsbekannt. Diese Anweisung gab der Gemeindearzt weiter.
Der Anatom, der daraufhin die Obduktion durchführte, ließ zunächst einmal den Toten von einem Pfleger entkleiden und den Inhalt seiner Taschen sicherstellen.
Dabei zeigte sich zu ihrer maßlosen Verblüffung, daß der Unbekannte ein altmodisches Portemonnaie verwendet hatte - das konnte aber auch eine Gewohnheit, ein Erbstück oder eine Modetorheit sein - wenn nicht, ja wenn nicht der Inhalt aus englischen und französischen

Münzen bestanden hätte, wie sie vor weit mehr als hundert Jahren im Umlauf gewesen waren.
Auch die Bekleidung schien plötzlich in einem besonderen Lichte, nach Tuch und Schnitt irgendwie veraltet. Am Finger trug der Tote zwei Ringe, die würden vielleicht zu seiner Identifizierung beitragen können. Nun, das hatte nicht der Mediziner zu entscheiden, sondern die zuständigen Behörden. Und so machte der Anatom sich an die Arbeit.
Es war, das kann hier schon vorweggenommen werden, keine Verwundung aus jüngster Zeit zu finden, kein gebrochener Knochen, keine Hautabschürfung, keine Stich- oder Schußwunde, kein Gift in Magen oder Hirn, kein Wasser in der Lunge. Lediglich alte, längst verheilte Narben deuteten auf die Möglichkeit hin, daß es sich vielleicht um einen ehemaligen Soldaten handeln könne.
Dazu aber kam etwas seltsames: Der gewissenhafte Mediziner hatte es sehr wohl bemerkt und in seinem Berichte festgehalten, daß der Unbekannte zwar rein optisch den Eindruck eines Endvierzigers erwecke, doch die eingehende Untersuchung der Gewebe einen außerordentlich alten Eindruck mache, obgleich der Zustand nicht als greisenhaft bezeichnet werden könne. Blutgefäße und Organe enthielten trockenen Blutschorf, der ebenfalls über hundert Jahre alt zu sein schien. Ähnliches sei seiner Erfahrung nach bei Mumien der Fall, doch bei jenen sei die Außenhaut völlig anders beschaffen. Schließlich beendete der Anatom seinen Bericht mit der Bitte, daß ein unbefangener Kollege eine Kontrolluntersuchung anstellen möge, um seine Untersuchungsergebnisse entweder zu erhärten oder zu entkräften.
Todesursache waren zweifelsohne zwei gesprengte Nackenwirbel, wie zu erwarten war. Wer oder was diese hervorgerufen hatte, war auch nicht festzustellen, da es keine Druckspuren gab - so sorgfältig der Doktor auch Haut und Muskelgewebe untersuchte. Eine solche Verletzung, schrieb der Anatom in seinem Bericht, gleiche am ehesten jener, die ein Gehängter aufweist, den der Scharfrichter von der Leiter stößt und der mit

ganzem Gewicht in die Seilschlinge fällt. Doch Strangulierungsspuren fanden sich nicht!
Aber - ein Gehängter spaziert nachher nicht in einen verfallenen Schloßhof. Folglich mußte ihn jemand erst dorthin gebracht haben!
Alle diese Umstände sollten sehr wichtige Anhaltspunkte sein, wie sich später herausstellen wird.
Als der Bericht in die Hauptstadt gelangte, gab es dort abermals Ratlosigkeit. Wenn der sezierende Arzt des Spitals Untersteinhausen nicht als wissenschaftlich absolut einwandfrei bekannt gewesen wäre, hätte man ihn zum Narren gestempelt.
Doch dann wurde sein Vorschlag als die einzig sinnvolle Maßnahme aufgegriffen. Die Leiche wurde in einer Kühlkammer bereitgestellt, von wo sie abgeholt werden sollte.

2. Kapitel

Die Große Selter wand sich nach der Vereinigung mit der Kleinen Selter breit und behäbig zu Tale, machte nach dem Verlassen von Obersteinhausen einige Bögen nach links und rechts, als ob sie sich unschlüssig wäre und kam auf diese Weise an Untersteinhausen vorbei.
Ihre Wasser waren fischreich und klar: Hundert Klafter über'n Stein - ist das Wasser wieder rein, hieß es denn auch im Volksmund. Ihre Ufer waren von Auwald bestanden, vorzugsweise Weiden und Pappeln. Deren Holz war minderwertig und so wurden sie nur dort geschlägert, wo sie zum Dickicht zu werden drohten oder einen Durchgang behinderten. Armen Leuten wurde das Fallholz gerne überlassen und Weiber und Kinder trugen das meiste auf dem Rücken heim, wo es auf ofengerechte Stücke geschnitten und zum Trocknen an der Luft geschichtet wurde. Gab es auch keine starke und lange Glut, so sparte es doch im Winter manchen Taler.
An beiden Ufern war ein Pfad ausgetreten und selten verging ein Tag, an dem nicht ein Angler am Ufer stand, der am Abend seine zwei oder drei Fische heimbrachte. Saiblinge, Forellen und Hechte kamen vor, von den Kleineren lebten die Räuber, und Allmutter Natur sorgte schon für genügend Nachwuchs.
Außen zog eine Straße von Untersteinhausen im Bogen um die Auen und führte sacht ansteigend nach Obersteinhausen. Dort fuhren die Traktoren und der Autobus, der die beiden Orte verband, die Autos und Radfahrer, manchmal sah man auch ein Pferdefuhrwerk.
An den Arbeitstagen ging da kaum mehr ein Mensch zu Fuß die neun Kilometer von Ort zu Ort - nur in Untersteinhausen gab es einen Bahnhof. Dort kamen an den Wochenenden Wanderer an, wenn es das Wetter zuließ und dann zog wohl die eine oder andere Gruppe bergwärts.
Darum verwunderte sich der Reiser-Bauer, ein Enkel des seinerzeitigen Nußbaumbesitzers, als er den Mann herankommen sah. Reiser war eben dabei, ein Gerät an seinem Traktor auszuwechseln, als er angesprochen wur-

de: "Ist das der Weg zur Burg?"
Kein Gruß, keine Bitte, einfach so. Schon wollte der Reiser eine Zurechtweisung aussprechen, doch von dem Fremden ging etwas Zwingendes aus, das ihn nur antworten ließ: "Immer gradaus, den Hartberg hinauf!" Der Wanderer sah dem Reiser in die Augen, nickte leicht und ging weiter.
Dem Bauern lief ein Schauder über den Rücken, er stand und schaute dem Manne nach. Es war ein heißer Tag, an der Straße gab es nur vereinzelte Schatten, wo ein Baum stand. Der Fremde war gekleidet, als würde ihn frieren. Er trug eine Kniebundhose aus sogenanntem "Schnürlsamt", auch wohl Manchester genannt, wollene Stutzen und schweres Schuhwerk. Unter dem Tuchrock ein baumwollenes, kariertes Hemd, den Kragen geschlossen, mit einem bunten, geschlungenen Bande. Am Rücken einen wohlgefüllten Ranzen, in der Hand einen knorrigen Stock und am Kopfe einen Filzhut. Doch glänzte in seinem Gesichte kein Schweißtropfen.
Eine mittelgroße, scharfe Hakennase ragte über schmale, scheinbar blutlose Lippen, das Gesicht war bartlos, über den Augen dunkle, wie drohend zusammengezogene Brauen.
Die Augen selbst schienen das Kälteste in diesem Gesicht zu sein. Sie waren von einem merkwürdig hellen, graugrünen Farbton wie Kieselsteine, stechend und starr, als fehlte ihnen das Leben oder die Seele. Und wenn man den Reiser gefragt hätte, wie alt er den Wanderer schätze, hätte der keine Antwort, nur ein Achselzucken dafür gehabt.
Der Bauer wandte sich wieder seinem Gerät zu, aber als er sich noch einmal umsah, war die Straße leer.
Zu sich sagte er: Hannes, mach voran, du siehst am hellichten Tag Gespenster! Die Hitze tut dir wohl nicht gut, aber die Arbeit muß gemacht werden!
Bedächtig nahm er sein Taschentuch heraus und knüpfte in alle vier Ecken einen Knoten, dann feuchtete er es mit etwas Wasser aus der Trinkflasche an und stülpte es sich an der Stelle des Hutes über das Haar. Nun der Reiser wieder zu sich gefunden hatte, startete er den Motor und nahm seine Feldarbeit auf.

Daß der Fremde wie von der Straße verschwunden schien, hatte jedoch eine ganz natürliche Ursache. Sie lief ja doch nicht schnurgerade dahin, sondern machte, wie schon erzählt, einen leichten Bogen um die Auen. Der Wanderer war im Schatten eines Baumes an den Straßenrand getreten und blickte um sich, wie einer, der sich erinnert und doch nicht ganz zurechtfinden kann.
Der Reiser Hannes war wieder mit seinem Traktor bei der Arbeit im Acker, als der Wandersmann aus dem Baumschatten trat und weiterging.
Der Autobus fuhr an dem Mann vorbei und der Fahrer hupte. Wenngleich keine Haltestelle in Sicht war, nahm er wohl den einen oder anderen Fußgänger, ein altes Mütterchen oder ein Kind mit auf seiner Fahrt nach Obersteinhausen. Doch diesesmal konnte er sich das Bremsen und Stehenbleiben sparen, der Mann dort auf der Straße schüttelte nur den Kopf und winkte mit der Hand: Weiter, nur immer weiter!
Nun, dem Autobuschauffeur war es auch egal, er stieg wieder aufs Gas und setzte seine Fahrt fort, eine Staubwolke hinterlassend.
Den einzigen Gasthof mit drei Fremdenzimmern führte der Wirt "Zu den 3 Grafen"; andere Schenken gab es in Obersteinhausen noch deren zwei, doch die hatten keine Fremdenzimmer.
Der fremde Wandersmann war im Ort eingetroffen und auf seine Frage hin wies man ihm den Grafenhof, wie allgemein die Bezeichnung üblich war, als Absteigequartier.
Er nahm sich ein Zimmer "mit Frühstück" und verlangte zu baden. Es ging schon auf den Abend zu, als er erfrischt in die Wirtstube kam und zuallererst ein großes Bier gegen den Durst begehrte. Mehr als die Hälfte trank er auf den ersten Zug von der kühlen Labe, wobei der Wirt ihm schmunzelnd zuschaute.
Als der Gast sich aufatmend zurücklehnte, nahte ihm der Wirt mit dem Gästebuch und bat um seine Personalien. "Nicht, daß ich ihnen nicht traute, Herr, aber die Behörde..." murmelte der Wirt achselzuckend. "Ja, ich weiß, ich weiß! Geb er her" sagte der Fremde und

schrieb mit schöner, aber altertümlich verschnörkelter Schrift hin:

Markus Frh. v. Wittnow, Marienwerder,
Kgl. Oberwachtmeister a.D., geb. 18.3.1924.

Der Wirt zog sich zufrieden zurück, er verlangte keinen Personalausweis. Ohnehin wurde sein Gasthof höchstens zweimal im Jahr kontrolliert und während der Gedarmeriepostenkommandant die letzten sechs Monate flüchtig durchblätterte, drehte sich das Gespräch um Politik oder andere interessante Dinge, indessen der Kommandant an dem freigebig gespendeten Bier sich gütlich tat. Das war einer der Gründe, warum er die Überprüfung immer selber vornahm.

Die Durchschrift der Eintragungen waren stets am nächsten Morgen dem Posten vorzulegen. Der Diensthabende tat das selbstverständlichste damit: er legte sie ab.

Es war dem Wirt auch nicht aufgefallen, daß der Rang eines königlichen Oberstwachtmeisters heute längst durch den Dienstgrad Major ersetzt ist, daß ein 1924 Geborener nicht mehr "königlich" sein konnte und das Geburtsjahr war so undeutlich geschrieben, daß es ebensogut 1764 hätte gelesen werden können.

Der Gast war ein Freiherr von Wittnow und wurde, wie es einem höflichen Landgastwirt wohl ansteht, nur mehr mit "Herr Baron" angesprochen.

Nach einer kurzen Weile brachte die Tochter des Wirtes dem Baron die Wein- und die Speisenkarte. Der dankte dem gutgewachsenen blonden Mädchen mit einem anerkennenden Blick, der sie erröten ließ und sie zog sich wieder in die Küche zurück.

Der Wirt stand hinter seiner Theke, die rechte Hand lag auf dem verchromten Zapfhahn, und er war ganz Aufmerksamkeit. Nach und nach kamen vereinzelt Gäste herbei und setzten sich nach freundlich gebrummtem Gruß. Der Wirt schien sie alle gut zu kennen, unaufgefordert stellte er dem einen ein Glas Wein, dem anderen einen Krug Bier hin, worauf ihm ein behäbiges "Na denn!" entgegen- oder vielmehr nachklang.

Markus von Wittnow merkte gar wohl die Blicke, die ihn verstohlen musterten und dann fragend zum Wirte

zurückkehrten. Aber als sei er daran gewöhnt, kümmerte er sich nicht weiter darum.
Die Wirtstochter war wieder in die Schankstube gekommen, sie brachte dem einen seinen bestellten Imbiß, dem anderen sein Getränk und kam auch zum Tische des Freiherrn, der sein Bier ausgetrunken hatte: "Möchte der Herr etwas speisen, bitte?"
"Nein, nein, lass' sie nur - bringt mir ein Glas Rotwein. Und wenn der Wirt etwas Zeit hat, mag er sich zu mir setzen."
"Ein Rotwein, sehr gern, Herr Baron; dem Vater werd' ich's ausrichten!"
Ganz still war es in der Wirtsstube: Alle hatten gehört, daß der Fremde ein Baron wäre.
Dienstbeflissen brachte der Wirt den Wein und sprach: "Wohl bekomm's, Herr Baron! Was wünschen der Herr?"
Von Wittnow deutete dem Wirt, sich zu ihm zu setzen. Er hatte inzwischen erlauscht, daß es nicht mehr Sitte war, sich in der dritten Person anzureden, also klang seine Frage erst etwas holperig: "Wie sieht es denn heute aus auf dem Hartberg - und im Schloß?"
Das war dem Grafenwirten Wasser auf seine Mühle und so erzählte er all die Geschichten und Sagen, dieweil seine Tochter bediente. Ganz ruhig war es geworden, alle lauschten, und der Wirt erzählte, für alle hörbar:
"Wie man hier im Lande berichtet, haben die Grafen von Hartstein-Eggberg wohl das Schloß aufgegeben. Die letzten Grafen - heute schreiben sie sich Eckberg mit 'ck', sind Bankiers in der Schweiz. Das ist die eine Tatsache, und die andere ist, daß es eigentlich schade ist um das schöne Bauwerk.
Aber wie das eben so ist: Der Besitz ist Eigentum des letzten Grafen, der aber nicht verkauft, weil das ganze Gebiet rundherum grundbücherlich sein Besitztum ist. Es ist alles verpachtet, die Zahlungen gehen über die Volksbank in die Schweiz. Ich bin auch nur Pächter, wie ganz Obersteinhausen. Sie erlauben, Herr Baron - ich hole mir auch etwas zu trinken. Reden macht trocken!"
"Na, bringen sie eine Bouteille her und tun sie mir Bescheid!" sagte der Freiherr und der Wirt frug: "Was

soll's denn sein, Herr Baron? Rheinwein oder Franzos?"
"Bleib' er mir mit dem verdammten Franzosen vom Leibe - doch nein!! Vergebt einem alten Manne: Wir Deutschen sind ja heute seine besten Freunde - also bringt, was ihr wollt!"
Der Wirt kniff ein Auge zu: "Zu Befehl, Herr Baron, ich werd' wohl das richtige treffen" und kehrte mit einem Bocksbeutel zurück: "Aus der Badischen Weinstraße, wenn es gefällig ist!" Er füllte beide Gläser und von Wittnow kostete: "Jawoll Herr Wirt! Das ist gutes, heimisches Gewächs. Nun, erzählt weiter!"
"Zum Wohle, Herr Baron!" tat auch der Wirt einen Schluck: "Das waren die Fakten. Und nun, was so erzählt wird in der Gegend: Also, da hatten wir 'nen Fall, da lag einer tot im Schloßhof. Tourist oder so, jedenfalls sagte sogar der Gemeindearzt - und der muß es schließlich wissen!! - den hätte der Teufel geholt. Nein, gebracht! Ach, was weiß ich; jedenfalls hatte der Tote die Nase im Genick. Postenkommandant und Arzt haben ihn wegbringen lassen. Aber - Herr Baron! Herr Baron!! Ist ihnen nicht wohl?"
Kreidebleich war der Herr von Wittnow geworden, seine Hakennase schien aus mattem Glase zu bestehen. Doch jäh ermannte er sich wieder, stürzte sein volles Glas Wein hinunter und sagte mit einer wegwerfenden Handbewegung: "Schon gut, mein Lieber, ich bin nun eben mal ein alter Mann. Erzählt weiter, es scheint, jetzt wird es erst interessant!"
"Leider, Herr Baron, ist weiter nichts mehr zu vermelden. Den Toten hat man ins Spital gebracht. Die Behörden verfolgen den Fall."
Freiherr von Wittnow hatte sich tatsächlich erfangen, die Röte war in sein Gesicht zurückgekehrt. "Ist das alles, was man vom Schlosse weiß?"
Zögernd entgegenete der Wirt: "Tja, man erzählt sich manche Gruselgeschichten - von einer verbrannten Amme und von einem ermordeten Major, aber - das ist doch nur ein Aberglaube. Ihre Geister sollen im Schlosse hausen und um Mitternacht um Segen flehen. Unser Herr Pastor war beim Bischof derhalben und hat von der Kanzel gepredigt: Tote sind tot und ihre Seelen

warten auf den jüngsten Tag. Dann, hat er gesagt, werden sie leiblich wieder auferstehen, so steht es in der Schrift.
Na ja, Herr Baron, wir verstehen das ja nicht so gut, wie der Herr Pastor. Schon gar nicht wie der Herr Bischof, der das vom Aberglauben gesagt hat. Aber etwas muß doch dran sein, denn woher wüßten es die Leute sonst? Wir sind hier gute Christen, obwohl manch einer - egal, ich ginge nicht um Mitternacht hinauf. Was sollte ich auch dort?"
"Kann man das Schloß denn überhaupt betreten?" fragte Herr von Wittnow. "Freilich, an den Wochenenden sind sogar Führungen. Da werden auch alle Räume gezeigt, die an Wochentagen versperrt sind. Da ist noch viel Gerät zu sehen: Die Einrichtung, Wandteppiche und Fahnen aus Feldzügen; Küche und handgeschmiedete Kaminroste, Rüstungen, Waffen und Werkzeug, bis Spinnrad und Webstuhl!"
Der Wirt hatte sich richtig warmgeredet und fügte stolz hinzu: "Zu den 3 Grafen heißt mein Hof nach denen da oben!"
"Sehr schön, Herr Wirt, aber jetzt bin ich müde. Dankeschön für den Bericht, es war sehr interessant. Gute Nacht, meine Herren!" und der Freiherr suchte sein Zimmer auf. Doch wer gedacht hatte, er würde zu Bette gehen, hätte sich geirrt.
Bis Mitternacht saß der Fremde in einem Stuhl, den er sich ans Fenster gezogen hatte. Von dort konnte er, ganz schräg aus dem Rahmen blickend, zum Schloße hinaufschauen.
Und als vom Turm der Untersteinhausener Kirche zwölf Schläge erklungen waren, entrang sich von Wittnow's Brust ein so stöhnender, schmerzlicher Laut...
Anderntags, gleich nach dem Frühstück, stieg der Freiherr den Hartberg hinan. Er ließ sich Zeit; wo der zurücktretende Wald es erlaubte, blieb er stehen und schaute über das weite, friedliche Land.
Schließlich war er oben angekommen und stand vor dem offenen Tor in der Gartenmauer. Es schien, als zögerte er, einzutreten. Aber dann ging ein Ruck durch seinen Körper und er setzte Fuß vor Fuß - nicht in Richtung

des Schlosses, sondern die Mauer entlang, bis er an einem Punkt stehen blieb, welcher aussah, als hätte man nach etwas gegraben und hastig wieder zugeschüttet.
Wieder stöhnte er schmerzlich auf und wer sein Murmeln verstehen hätte können, würde die Worte gehört haben: "Hunderttausend Menschentage darf ich hier warten, hat er gesagt. Jede Mitternacht darf ich um Segen flehen, dann kann meine Seele erlöst werden. Nur meine Gestalt durfte ich nicht zeigen.
Jetzt sind zwei Drittel der Zeit herum und ich darf als Untoter oben wandeln. In die Kirche kann ich nicht, er zieht einen Bannkreis, den ich nicht zu überschreiten vermag. Wer sollte mir Segen spenden? Wenn das dritte Drittel um ist, gehört meine Seele für immer der Hölle!"
Er starrte auf die aufgebrochene Stelle im Rasen. Unter dieser Scholle hatte der Mörder die Leiche seines Opfers verscharrt. Wie hatte der Höllenfürst noch gesagt? "Er, dessen Namen ich nicht aussprechen darf, hat gesagt, die Rache sei sein. Aber er kann sie in jene Hände legen, die er dazu auserwählt hat. Sieh zu, ob du der Auserwählte bist!"
Rache? Heute? Der heimtückische Chevalier Lucien de Malmarchais, der ihn hinterrücks erdolcht hatte, weilte längst nicht mehr unter den Lebenden.
Deutlich erstanden die Szenen von damals vor seinen geistigen Augen: Lucien de Malmarchais war napoleonischer Offizier gewesen, Premier-Lieutenant. Aber nicht im Kampfe war er gefangengenommen worden. Die preussische Abteilung hatte ihn dabei ertappt, wie er einen wohlhabenden Bürger schlug und trat und mit der Waffe bedrohnte, um jenem Geld und Schmuck abzupressen.
Der gefangene "Chevalier" hatte sein Ehrenwort als Offizier und Edelmann gegeben, keinen Fluchtversuch machen zu wollen, dafür durfte er sich im Schlosse frei bewegen. Die Waffen hatte man ihm allerdings abgenommen.
Da weit und breit kein Feind war, hatte man darauf verzichtet, Wachen aufzustellen. Lediglich die Tore

wurden nach dem Zapfenstreich verschlossen. Daher war auch niemand im Schloßgarten, als der Oberstwachtmeister noch frische Luft holen ging, ehe er sich auch zur Ruhe begeben wollte. Die Herren Kameraden hatten des guten etwas zu viel getan beim Trunke.
Damals war da auch kein Rasen, alles war um und um gegraben: man hatte geglaubt, es wären dort Schätze zu finden.
Lucien de Malmarchais war Chevalier und er war Offizier, aber auch unter diesen gab es nicht wenige von niedriger Gesinnung. Er hatte sich aus der Küche ein Messer besorgt und meuchelte hinterrücks seinen Besieger.
Verstohlen hatte der Ehrlose sich bereits umgesehen und in einer Gerätekammer Spaten, Schaufel und Rechen entdeckt, wie sie der Gärtner vordem aus den Händen gelegt hatte. Damit scharrte er den Toten ein und entfloh in Richtung Frankreich.
Wie lebendig hatte Markus von Wittnow das Geschehene wieder geschaut. Jetzt ging er auf das Tor des Gebäudes zu, welches versperrt sein sollte. Aber als er die mächtige Klinke berührte, zuckte er zurück, wie unter einem Schlag. Kopfschütelnd kehrte er um und schritt wieder durch das offene Gartentor, dann weiter hinab nach Obersteinhausen.
Niemand begegnete ihm. Nur ein fernes Pfeifen kündete, daß ein Zug in Untersteinhausen einfuhr. Da, wie aus dem Nichts, durchfuhr den Wanderer ein Gedanke: Morgen ist Sonnabend und da waren Führungen im Schloß! Ob wohl die Kapelle noch geweiht war? Sicher würde der Führer sie auch zeigen. Ein zager Hoffnungsstrahl durchzog ihn wie ein erster Glanz von Morgenröte.

Als er am nächsten Tage mit einer kleinen Gruppe von Touristen und Schaulustigen in den Garten eintrat, entrang sich einer vorangehenden Dame ein durchdringender Schrei. Zitternd und wortlos zeigte sie in die Ecke, wo die frisch aufgebrochene Erde gewesen war. Davon war jetzt nichts mehr zu sehen.
Aber da lag eine Leiche mit sonderbar verkrümmtem

Genick. Die Nase schien zwischen die Schulterblätter zu weisen.
Auch der Freiherr Markus von Wittnow, ehemals königlicher Oberstwachtmeister unter dem Feldmarschall Blücher, sah den Toten. Trotzdem der in Zivil gekeidet war und sein Gesicht verzerrt schien, erkannte er ihn sofort.
Es war der ehemalige Premier-Lieutenant Chevalier Lucien de Malmarchais.

3. Kapitel

Wilton ist eine Stadt im Hügelland westlich von Salisbury in der englischen Grafschaft Wiltshire. In der Umgebung der Stadt liegen verstreut Farmen, dort zieht man Obst und Gemüse, Kartoffel und Rüben, Mais, Gerste und anderes Korn, Klee und Luzerne als Viehfutter.
Zwischen den Hügeln erstreckt sich Heideland und dort weiden Schafe, bewacht von einem grauhaarigen Hirten und zwei Collies, denn einer der Farmer betrieb Schafzucht.
Einer jener Hügel, die der Stadt näher lagen, hieß im Volksmund nur Gallow-Hill*. In der Chronik der Stadt, welche derzeit vom hochwürdigen Dean** William Korby geführt wurde, stand auch verzeichnet, daß dort tatsächlich ein Galgen gestanden hatte. Die letzte Exekution war an einem Raubmörder durchgeführt worden; dann war auf königlichen Befehl der Galgen abgetragen und der Hangman*** John Appleby in die Rente geschickt worden.
Was aus der Chronik nicht eindeutig ersichtlich ist: Wo die Leichname der Gehängten vergraben worden waren.
Da kam es denn, daß an einem sonnigen Ferientage der Enkel des Schafhirten mit in die Heide durfte, wo Peter Little, so lautete sein Name, die Schafe weidete. Grasend zog die Herde dahin und kam so auch in die Nähe des Gallowhill.
Plötzlich wurde die idyllische Ruhe durch das Aufheulen des einen Hundes zerrissen. Das war kein Bellen, wie er es zum Zurücktreiben von Schafen auszustoßen pflegte, und kurz darauf stimmte der zweite Collie in das Geheul mit ein. Schaurig und angstvoll zugleich erklang das Duett, und so lief der kleine Edward hin, um nachzusehen, was die Hunde so aufregte.
Die beiden liefen um ein etwa zweieinhalb Yard langes und dreiviertel Yard breites Loch von geringer Tiefe. Jedesmal, wenn sie die Nase in dieses Loch steckten, brachen sie von neuem in Geheul aus. Edward lief zum Großvater zurück und erzählte, was er

* Galgenhügel ** Dechant *** Henker

dort gesehen hatte. Ein scharfer Pfiff des Hirten rief die Hunde zu ihrer Pflicht, mit eingezogenen Schwänzen kamen sie zur Herde zurück, die sie umkreisten - nicht, ohne ab und zu ein Winseln hören zu lassen.
Nun die Collies sich der Grube fernhielten, graste die Herde geradezu in diese Richtung. Schafe sind keineswegs dumme, jedoch phlegmatische Tiere. Selbst die Kämpfe der Widder und Kampfspiele der jungen Tiere haben nichts hitziges oder zorniges an sich. So laut das Zusammenprallen der überaus dicken Hirnknochenplatten auch klingen mag, ist das Ganze eher ein rituelles Geschehen.
An der Hand hatte Edward den Großvater zu der Grube gezerrt. Der betrachtete das Loch kopfschüttelnd und mehr zu sich selbst sprach er dann: "Gestern war die Grube noch nicht da, das könnte ich schwören. Aber weder gestern, noch heute sah ich da jemand graben - auch das würde ich auf meinen Eid nehmen. Also muß das Loch heute nacht oder am frühen Morgen gegraben worden sein. Aber wozu?"
Er ließ sich auf ein Knie nieder, um zu prüfen, ob das Erdreich noch feucht sei. Doch kaum hatte der alte Hirte sich über die Grube gebeugt, schlug ihm ein pestilenzialischer Gestank entgegen. Es wurde ihm übel, er verlor das Gleichgewicht und fiel vornüber in das Loch.
Jetzt wurde dem Jungen angst und bange. Er versuchte den Großvater herauszuzerren, doch für seine bescheidenen Kräfte war der Alte doch zu schwer; außerdem lag er verdreht, mit dem Kopfe nach unten. Vergebens zerrte der Knabe an dem einen Hosenbein, und als er versuchte, den Bewußtlosen an der Hand hochzuziehen, drehte der sich just so unglücklich herum, daß er ganz in die Grube glitt.
Edward ließ die Herde im Stich, in panischem Schrecken lief er zur Farm und schrie nur immer wieder: "Hilfe, der Großvater! Hilfe!"
Dort mußte man ihn erst beruhigen, er bebte am ganzen Leibe und schluchzte nur stoßweise. Endlich hatte er sich etwas beruhigt und die Farmersfrau gab ihm kalten Tee zu trinken. Dann kam der Bericht. Kaum

hatte die Frau ihn vernommen, stürzte sie zum Telefon und rief den Arzt an. Der war glücklicherweise zu Hause und versprach, gleich zu kommen.
Edward sträubte sich dagegen, noch einmal dorthin gehen zu müssen und so fuhr die Farmersfrau mit dem Doktor. Zuerst wollte man dem Hirten helfen und dann mußte man auch an die Schafherde denken, die jetzt ohne Aufsicht war. Der Junge war auf dem Farmhof zurückgeblieben und nur die beiden Hunde waren nach wie vor treu bei der Herde geblieben, die sie gewohnheitsmäßig zusammenhielten.
Auch der Arzt schüttelte den Kopf, als er die Grube sah und meinte zu der Frau: "Da hat wohl der Teufel gegraben!" Er konnte nicht ahnen, wie nahe er der Wahrheit damit gekommen war ...
Die beiden zogen den Körper des Hirten aus dem Graben und der Arzt untersuchte den alten Mann. Doch dem war nicht mehr zu helfen, das Herz hatte ausgesetzt. Zu der Frau sagte der Doktor: "Ich muß das der Landpolizei melden. Bleiben sie hier und rühren sie nichts an. Wir sind in einer Viertelstunde wieder da, dann müssen sie wohl auch die Herde heimtreiben. Also, bis gleich!" und er fuhr los, was sein Klapperkasten hergeben mochte.
Der Arzt hatte richtig geschätzt. Nach einer knappen Viertelstunde war der Polizeiwagen da, dahinter schnaufte der Morris des Doktors heran. Der Sergeant hatte eine Sofortbildkamera mit und machte damit zunächst Aufnahmen. Auf seine Bitte hin wurde der Hirte von dem Arzt und einem Polizisten so in die Grube gelegt, wie ihn die Frau und der Doktor vorgefunden hatten.
Als auch diese Aufnahme gemacht war, sagte der Sergeant zu der Farmersfrau: "Madam, sie wissen ja, daß in einem solchen Fall eine Obduktion unvermeidlich ist. Warum, wird ihnen der Doc erklären. Wir nehmen den Toten jetzt mit. Und sie beide bitte ich, morgen um neun Uhr zum Posten zu kommen. Ach ja - der Knabe soll mitkommen, wenn's möglich ist. Er wird sich hoffentlich schon beruhigt haben, wenn er erst einmal darüber geschlafen hat!"

Der Arzt gab ihr für den Knaben einige Beruhigungstabletten mit: "Harmlose Hopfen- und Baldrianpillen, aber für das Kind gerade richtig." Dann fuhr er hinter dem Polizeiwagen nach. Die Frau brachte die Schafe heim.

Die amtsüblichen Untersuchungen folgten. Die Obduktion ergab: Herzschlag infolge Schock; in den Lungenbläschen geringe Mengen von Leichengift in miasmatischer Form. Ein Expertengutachten bestätigte, daß in dieser Grube eine Leiche gelegen haben mußte.

Wer? Und wo waren die Überreste? Man fand heraus, daß die Erde dort mit (den zu erwartenden) Substanzen getränkt war, doch keine Spur deutete auf Knochen, die ja eigentlich hätten da sein müssen, noch auf Kleidungsreste. Hat doch jeder Rock Knöpfe, jede Hose Metallteile! Allerdings mußte man einräumen: Knöpfe aus natürlichem Horn verrotten - und nicht alle Hosen mußten zwangsläufig Metallteile haben.

Erdproben gingen an die Universität und wurden mikrochemisch und spektrographisch untersucht. Die Radiocarbonmethode begrenzte das Alter der Verwesungsstoffe auf ziemlich genau einhundertsiebzig Jahre. Damit ergab sich für die Kriminalisten eine Grundlage für weitere Nachforschungen.

Einer von denen hatte die bahnbrechende Idee. Thomas Whatstone, ein Sergeant, der schon lange auf seine Beförderung zum Inspektor wartete, war das "blinde Huhn", welches das Körnchen fand.

"Wo wurden eigentlich die Gehängten begraben?" fragte er sich. Und dann marschierte er zum Dean Korby und ließ sich die Chronik zeigen, aus welcher die Hinrichtungen ersichtlich waren, peinlich genau vermerkt mit dem Namen der Delinquenten, dem Tag der Exekution, ferner Namen des Richters und des Scharfrichters, dem Grund der Verurteilung und - bei vielen - auch der Ort der Beisetzung.

Whatstone vergrub sich förmlich in die Chronik, er setzte sich als äußerste Grenzen den Zeitbereich zwischen einhundertachtzig und einhundertsechzig Jahren vor dem heutigen Geschehen.

Natürlich waren die Zeiten zwischen den einzelnen Exe-

kutionen verschieden lang. Fanden einmal drei Vollstreckungen in einer Woche statt, so konnten ebensogut Monate dazwischen vergehen.
Stets begleitete ein Pfarrer den Verurteilten auf seinem letzten Wege. Nahm einer von ihnen den Trost an und sprach sein letztes Gebet, dann durfte er in geweihter Erde am Friedhof beigesetzt werden - allerdings nur in einem Armengrab und an der Friedhofsmauer.
Der Sergeant und der Dean fanden heraus, daß angesichts des Todes fast jeder geistlichen Zuspruch annahm, nur ganz wenige hartgesottene Schurken hatten den Priester noch am Gerüst stehend verhöhnt. Sie wurden nächtens verscharrt, weitere Angaben waren in der Chronik nicht angeführt.
Wieder einmal saßen die Beiden in ihrer Freizeit beim Tee zusammen über den Eintragungen. Der Sergeant war ohne Familie. Dean Korby half ihm, soweit er selber konnte - und das war rund einhundertsiebzig Jahre nach den Ereignissen auch recht wenig. Jedenfalls aber hatten sie sich, die früher einander fast nur vom Sehen her als Kirchenmann und als Beamter kannten, befreundet und nannten sich bei ihren Vornamen: Bill und Tom.
Sie hatten jetzt alle jene aussortiert, die laut der Chronik im Friedhof begraben worden waren. Das waren in den vorgegeben zwanzig Jahren immerhin an die achthundert Menschen gewesen, darunter sogar gezählte vierzehn Frauen. Letztere fast alle wegen Giftmordes an Gatten, Eltern, Kindern oder Nebenbuhlerinnen, nur eine einzige wegen Raubmordes.
Das war zwar alles nicht uninteressant, aber auch nicht zielführend! Es verblieben einundzwanzig Namen, bei denen nicht die Bestattung in dem Friedhof vermerkt worden war. Die hatte der Sergeant in einer Liste zusammengestellt und nun nahmen er und sein Freund Bill sich jene Abschnitte in der Chronik vor, welche näheres über die Umstände dieser Leute anführten: Alter, Herkunft, Untat und anderes.
"Look, Tom!" rief der Dean plötzlich aus: "Hier habe ich etwas entdeckt. Da steht weit mehr, als sonst üblich bei anderen Fällen. Hören sie sich das an: Ein gewisser Lucien de Malmarchais, Chevalier und ehema-

liger Offizier Napoléons, war in einem Kampfe zwischen unseren Soldaten und den Franzosen gefangen und nach England gebracht worden, das war 1814. Dieser Gefangene ist ein Jahr später ausgebrochen und zog marodierend in der Gegend umher. Er wurde nach einem Raubmord neuerlich gefaßt und zum Tode durch den Strang verurteilt. Auch er verweigerte die christliche Tröstung und starb hohnlachend, als der Hangman ihn von der Leiter stieß und ihm dann auf die Schultern sprang." (Dadurch wurden dem Gehängten die Genickwirbel gebrochen und so 'humanerweise' das langsame Sterben erspart.)

"Let see!" sagte Whatstone und zog das Buch zu sich heran. Er las die Eintragung noch einmal durch und fand einen Nachsatz: "Er war keines Begräbnisses würdig und der Stadtrichter ließ seinen Leichnam als abschreckendes Beispiel am Fuße des Galgens verscharren, mit dem Bauche nach unten verscharrte man ihn, damit die Augen wenigstens jetzt himmelwärts blicken sollten."

Nach der geschilderten Art des Gehängtwerdens brechen nämlich die Halswirbel und das Gesicht zeigt nach rückwärts.

Da die Chronik auch eine ziemlich genaue Beschreibung des Standortes enthielt, an dem der Galgen gestanden war, machten sich die beiden Freunde am nächsten Tag auf, um dort nachzuforschen. Sie waren gar nicht überrascht, als sie feststellten, daß es genau jene Stelle war, in die der alte Hirte Peter Little gestürzt und in der Folge verstorben war.

Jetzt wußte man ohne Zweifel, **wer** der dort Verscharrte gewesen war, aber die Frage lautete jetzt: **Wo** war er und **warum** lagen keine Gebeine in der Grube? Die hätten doch da sein müssen, wenn sie nicht irgendwer gesammelt und weggenommen hatte. **Wozu?**

Darauf gab es vorerst keine Antwort.

4. Kapitel

Ein geschlossener Wagen des gerichtsmedizinischen Institutes der Landeshauptstadt hatte die Leiche des Mannes mit der unbekannten Vergangenheit von der Prosektur des Krankenhauses Untersteinhausen abgeholt, damit dort das Phänomen der "Mumifizierung" überprüft werden sollte.
Der Pathologe studierte den Befund seines Kollegen und schüttelte den Kopf. Wenn er diesen Obduktionsbericht nicht schwarz auf weiß, auf dem amtlichen Papier mit der Kopfleiste des Spitals und der Unterschrift des Arztes sowohl, wie auch der des Direktors und den Rundstempel des Untersteinhausener Krankenhauses vor sich gehabt hätte, würde er das ganze für einen Studentenulk gehalten haben.
Nun, immerhin war der Corpus angekommen und registriert worden. Dann schob man ihn in die Eiskammer.
Professor Doktor Ignaz Filipowitsch lehrte Anatomie an der Hochschule und er gedachte diesen medizinischen Leckerbissen seinen Studentinnen und Studenten keinesfalls vorzuenthalten. Im Gegenteil: er freute sich schon auf die verblüfften Gesichter, welche jene machen mußten, wenn - ja, wenn sich die Sache tatsächlich so verhalten sollte, wie in dem Bericht geschildert.
Dann, so dachte Professor Filipowitsch, würde er, die medizinische Kapazität, herantreten mit Skalpell und Mikroskop, die Spuren nochmals überprüfen, ihnen mit allen wissenschaftlichen Methoden und Geräten zu Leibe rücken und einem staunenden Auditorium vor Augen führen, welch ein Unterschied herrschte zwischen ihm, dem anerkannten Lehrer und berühmten Spezialisten - und einem einfachen Prosektor in einem Landkrankenhaus.
Eine Mumie von eineinhalbhundert Jahren? Lächerlich! Es waren zwar Fälle von Mumifizierung jüngeren Datums bekannt, wohl - die einen waren Moorleichen, die wegen des Sauerstoffmangels nicht verwesen konnten, aber dieses konnte von vorneherein ausgeschlossen werden, weil die dafür typische Verfärbung fehlte; die anderen waren einzelne, aber seltene Funde in Höhlen mit

besonders trockener Luft oder - noch seltener, unter trockenem Sand. Immerhin nicht ganz von der Hand zu weisen, aber man würde ja sehen.
Außerdem plante der Pathologe auch das bakteriologische Institut zu bemühen, falls unter dem Mikroskop Viren oder Bakterien zu finden sein sollten, die verantwortlich sein konnten für den jetzigen - oder mußte man sagen, für den damaligen? - Zustand.
Doktor Filipowitsch hatte zur Zeit einige Untersuchungen laufen: Selbstmörder und Mordopfer, tote Drogensüchtige und Unfallopfer - er gedachte das Schauspiel etwas später vorzuführen - Spektakel, wie er es bei sich nannte. Dem Toten konnte es ohnehin egal sein...
Der Termin wurde demnach auf die Mitte des folgenden Monats fixiert und die Studentenschaft in das gerichtsmedizinische Institut bestellt.
Eine Beschleunigung ergab sich, als seitens der Polizeidirektion nachgefragt wurde, wie weit der Befund wäre, man habe schließlich auch noch andere Dinge zu erledigen.
Der Professor knurrte etwas in sich hinein, dann rief er in der Polizeidirektion an und verlangte den Sachbearbeiter im Falle "unbekannter Toter aus Untersteinhausen" zu sprechen.
Er wurde mit einem etwas quirligen Oberinspektor Rader verbunden, der ihm umständlich erklärte, daß der Tote nicht aus Untersteinhausen sei, sondern in Obersteinhausen, das heißt, nicht eigentlich in Obersteinhausen, sondern im Schloßpark von Burg Hartstein-Eggberg gefunden worden sei, aber das Schloß gehöre zur Katastral-Gemeinde Obersteinhausen, obzwar Obersteinhausen grundbücherlich dem Grafen von Eckberg, dem Schloßherrn, der jetzt der Schweizer Bankier Eckstein vom Bankhaus Fischel & Eckstein sei, gehöre...
Doktor Filipowitsch hatte schon längst den Telefonhörer auf die Schreibtischplatte gelegt und gewartet, bis das Gequake aufhöre. Endlich kam das erlösende "hallo, hallo, Herr Professor, sind sie noch dran?"
Er nahm den Hörer und sagte: "Aber natürlich, lieber Oberinspektor! War ja alles sehr interessant, aber ich habe den Leichnam aus dem Krankenhaus Unterstein-

hausen erhalten. Was ist denn da so eilig dran?"
"Nun ja," sagte Rader etwas indigniert: "es gibt da so viele verworrene Angaben und mein Chef ist ein ungeduldiger Herr! Der möchte jeden Fall als gelöst, oder sozusagen mit Messer und Gabel serviert bekommen. Noch dazu in diesem Fall, von dem wir kaum etwas wissen und das, was wir wissen erst recht unklar ist! Das einzige wirklich Klare sind seine Fingerabdrücke, die haben wir an Interpol und FBI gefunkt, ferner Größe, Gewicht, die Schuhnummer und die Augenfarbe - übrigens, Herr Professor, wie ist das bei Leichen - es heißt doch, daß die Augen zuerst verwesen! Und wie ist das bei Mumien? Um eine solche soll es sich angeblich handeln?"
Wieder stoppte der Professor den Redefluß des Oberinspektors: "Also mein Lieber, am Telefon kann ich ihnen das nicht so einfach erklären, weil es von den äußeren Umständen abhängt. Kommen sie zur Untersuchung, wenn sie das so interessiert..." Ein Quiekser des Polizeibeamten unterbrach ihn. "Was haben sie denn? Ich meine ja nur, da wird jedes auffällige Detail erörtert. Und ihrem Chef sagen sie bitte, er möge mir die Reihenfolge der Dringlichkeiten demnächst schriftlich oder meinethalben telefonisch zukommen lassen. Ansonsten mache ich meine Untersuchungen in **der** Reihenfolge, wie die Objekte hereinkommen. Und richten sie ihm die besten Grüße von Filipowitsch aus! Auf Wiederhören."
Und ohne sich um das weitere Gequassel des redseligen Oberinspektors zu kümmern, legte er den Hörer auf die Gabel.
Natürlich dauerte es keine halbe Stunde, als das Telefon wieder läutete und als der Professor sich meldete, piepste eine Frauenstimme: "Hier Polizeidirektion, ich bin beauftragt, sie mit Herrn Chefinspektor Lehmann zu verbinden. Sind sie sprechbereit?"
"Ja, nun verbinden sie mich schon, Herrgottsakrament!" knurrte Filipowitsch. Ein Knacksen in der Leitung und eine sonore Männerstimme sagte in verbindlichem Tone: "Hier Lehmann, Mordkommission. Herr Professor, verzeihen sie bitte die nochmalige Störung. Mein Kollege Rader ist ein überaus diensteifriger Herr, das ist alles.

Was uns drückt, ist nicht so sehr die Obduktion, wir haben vorerst den Bericht des Anatomen im Krankenhaus - wie hieß das gleich, ja, hier - Untersteinhausen. Viel könnte uns ihre Bestätigung helfen, denn das Protokoll der Polizeidienststelle und des Gemeindearztes über den Fundort und die dortigen Umstände geben uns nicht nur zusätzliche Rätsel auf; auch die Staatsanwaltschaft hat sich bereits eingeschaltet und nötigt uns."
Der Professor überlegte und sagt: "Moment, Herr Chefinspektor; ich sagte schon ihrem Herrn Rader, daß ich die Untersuchungen in der Reihenfolge vorzunehmen pflege, wie meine "Patienten" - er meckerte ein Lachen - hereinkommen. Von ihrem Dezernat habe ich zwei Selbstmörder und zwei Mordopfer, die beiden letzteren bereits mit Dringlichkeitsvermerk.
Ihre Kollegen vom Rauschgiftdezernat sind mit zwei Frauen und einem Mann präsent, mit denen müssen sie sich selbst abstimmen. Dann könnten sie die zwei Selbstmörder nachreihen und ich schlage vor, ihre Mumie als dritten Fall dranzunehmen. Ich nehme an, daß die Mordopfer wegen Staatsanwalt und U-Richter vorrangig sind, stimmt's?"
Der Chefinspektor erwiderte: "Ihr Vorschlag ist gut, Herr Professor. Ich werde mir dem Rauschgiftdezernenten sprechen, glaube aber jetzt schon sagen zu können, daß uns der Kollege den Vortritt lassen wird. Dort weiß man ja, welches Ergebnis zu erwarten ist - und die Dealer findet man bei den Lebenden, nicht bei den Opfern. Mein Kollege Rader wird sie anrufen. Vielen Dank und auf Wiederhören!"
"Schon gut, Wiederhören!" sagte auch Doktor Filipowitsch und legte auf.
Bei sich dachten beide Herren - der Professor Filipowitsch und der Chefinspektor Lehmann - das Gleiche: Organisation ist etwas Schönes, solange sie nicht - auf eine Organisation trifft.
Das ist so ähnlich, wie bei einem Computersystem. Die Schnittstellen für die systemeigenen Anschlußgeräte, wie Speicher, Monitor, Drucker etc. etc. sind nur für diese brauchbar. Externe Geräte eines anderen Systems oder auch nur einer anderen Generation sind meist

nicht kompatibel - und wenn doch, dann nur durch Zufall.
Professor Filipowitsch wartete daher in aller Seelenruhe ab, was die Mordkommission ihm mitteilen werde.
Oberinspektor Rader sah sich in den Mittelpunkt gerückt: Über ihn liefen jetzt alle Fragen und Auskünfte. Und das Eine mußte man ihm lassen: Wenn auch seine Quirligkeit und Redseligkeit in Kollegenkreisen nicht selten Gegenstand gutmütiger Spöttelei war - er ruhte nicht eher, bis eine Angelegenheit, die ihm aufgetragen war, zur Zufriedenheit seines Chefs unter Dach und Fach war.
Sprach man ihn hingegen auf dienstliche Fragen an, die ausschließlich im Dezernat verhandelt wurden, konnte er verschlossen sein, wie eine Auster.
Chefinspektor Lehmann hatte diese Eigenschaften seines Oberinspektors vor dem Polizeipräsidenten gelegentlich erwähnt und eine Belobigung vorgeschlagen.
Wie vorauszusehen gewesen war, konnten die Prioritäten reibungslos geordnet werden. Professor Filipowitsch erhielt bereits am nächsten Tag das telefonische Aviso durch den Oberinspektor Rader; nichtsdestoweniger erbat er sich die schriftliche Bestätigung.
Der Professor war, wie man im Volksmund sagt, ein gebranntes Kind. Sollte ein Staatsanwalt oder U-Richter mit Sonderwünschen an ihn herantreten - hier insbesondere terminlich - konnte er diese Ansinnen zunächst abschmettern!
Als nächste Maßnahme war die Änderung des Termines für die Studentenschaft zu treffen. Mit Hilfe des Rektorates und des Professorenkollegiums kam schließlich ein Kompromiß zustande. Der Pedell sorgte für die Benachrichtigung der Studenten, vorrangig am schwarzen Brett und in der Mensa.
Erschwerend war allerdings leider auch, daß auf diese Abstimmung mit Polizei und Lehrterminen ein Wochenende folgte.
Aber schließlich wurde auch diese Hürde genommen und die Untersuchung konnte statt in der Mitte des folgenden Monates bereits an diesem Monatsende vorgenommen werden.

Das war die letztmögliche Lösung. Für die Studenten begannen drei Wochen darauf die Ferien.
Was für die Studenten selbstverständlich war, galt nicht für die Professoren unbedingt auch. Doktor Filipowitsch war eben nicht ausschließlich Lehrer, sondern auch ein beeideter Gerichtssachverständiger. Als solcher mußte er mit den Behördenvertretern seine Urlaubswünsche abstimmen.
Während der Routinearbeit verstrich die Zeit, die beiden Mordopfer waren untersucht und die Befunde der Mordkommission zugeleitet worden, wie im Fluge war das Ende des Monats und damit der angekündigte Termin herangekommen.
Für zehn Uhr hatte man die Studenten bestellt und Zählkarten ausgegeben. So groß war das Interesse und so wenig Zuschauer konnte der Saal fassen.
Die Bezeichnung Saal stimmte eigentlich nicht ganz. Es handelte sich vielmehr um einen sehr großen Kellerraum, in dessen einem Drittel sich ein mit weißem Wachsleinen bezogener Operationstisch, Instrumentenschrank, Ausguß und zwei dichtschließende Truhen befanden. Die eine hatte jene Gewebeteile aufzunehmen, die aus den Körpern entfernt wurden, aber keiner weiteren Untersuchung bedurften. Sie wurden täglich zur Kremation gebracht. In der anderen Truhe waren Sägespäne, mit denen die leeren Körper ausgefüllt wurden, ehe man die Hautlappen wieder grob zusammennähte.
Erleuchtet wurde der Raum durch reihenförmig angeordnete Leuchtstoffröhren, über dem Seziertisch befand sich die übliche Operationsleuchte.
In den anderen zwei Dritteln des Raumes fanden die Zuschauer Platz. Mit etwas Drängerei hätten dort an die sechzig Personen sich zusammenfinden können, doch aus zwei Hauptgründen ließ man niemals mehr als dreißig Studenten hinein: Erstens mußte man zum Notieren die nötige Ellbogenfreiheit haben, und zweitens passierte es ab und zu doch, daß einem oder einer Zuschauenden übel wurde, die dann schnell den Raum verlassen mußten. Das war natürlich bei starkem Gedränge nicht möglich und hätte zur Beschmutzung des Raumes und der Kommilitonen geführt.

Ein Nebenraum dieses Saales war die sogenannte Eiskammer. Sie bestand aus zwölf Zellen mit wärmedichten Mauern und Türen. Dort waren auf Rollpritschen die Leichen aufgebahrt, die zur Autopsie vorgesehen waren. Die Körper waren nackt, nur mit einem hellgrünen Laken zugedeckt.
Eine spezielle Klimaanlage regelte die Temperatur im Keller; die Wärme, die der Eiskammer entzogen wurde, diente in Ruhezeiten der Erwärmung des Seziersaales. Wenn hingegen gearbeitet wurde, mußte auf Frischluftbetrieb umgeschaltet werden. Trotzdem hing immer ein schwacher, süßlicher Verwesungsduft in der Luft.
Heute waren alle dreißig Zählkartenbesitzer rechtzeitig anwesend. Professor Filipowitsch hatte keinen Zweifel daran gelassen, daß er das akademische Viertel nicht werde gelten lassen und um Punkt zehn Uhr wurde die Eingangstüre gesperrt.
Der Professor trat mit zwei Herren vor den Seziertisch. "Meine Damen und Herren, für diejenigen unter ihnen, die meine Mitarbeiter noch nicht kennen, stelle ich vor: Herr Doktor Meyerweck, mein Assistent; Toxikologe mit großer Erfahrung und ausgezeichneter Spürnase, außerdem excellenter Biochemiker. Ich kann schließlich nicht alleine Alles sein!"
Beifälliges Trampeln folgte dieser launigen Vorstellung, der Assistent verbeugte sich dankend gegen den Professor und gegen das Auditorium.
"Der Herr links von mir ist diplomierter Sanitäter und die Seele der Ordnung, die sie hier sehen. Herr Spacek führt die Kartei und erledigt den Schriftverkehr."
Auch Herr Spacek verneigte sich dankend zum Professor und zu dem akklamierenden Publikum.
"So, Herr Spacek, bitte nun zu unserem heutigen Programm: Der unbekannte Tote aus dem Krankenhaus Untersteinhausen."
Spacek half dem Professor in den grünen Kittel und die Gummihandschuhe, dann ging er in die Eiskammer. Laut Karteikarte lag die verlangte Leiche in Zelle acht, er rollte die Pritsche heraus und in den Seziersaal. Die Autopsie konnte beginnen.
Währenddem hatte Professor Filipowitsch der Zuhörer-

schaft erklärt, warum die Ergebnisse der Obduktion überprüft werden sollten, sich über Möglichkeiten der Mumifizierung ausgelassen, als der Assistent zögernd einwarf: "Herr Professor, dieser Tage habe ich eine merkwürdige Geschichte in einer englischen Zeitung gelesen. Da ist ein vor rund hundertsiebzig Jahren Gehängter laut Ortschronik in genau dieser Stellung eingegraben worden, weil er noch am Galgen gotteslästerliche Reden geführt hat. Wo der Leichnam hätte liegen sollen, war nur eine Grube, in die ein Schafhirte gestürzt und an den Folgen: Leichengift und Schock, gestorben ist."
"Lieber Doktor, was von Zeitungsreportern zu halten ist, wissen wir doch. Vor allem in der bevorstehenden Sauregurkenzeit! Wie sollten wir uns erklären, wer, wann und wozu jemand den Leichnam ausgerechnet auf das Schloß da gebracht haben soll - von England bis hierher? Da müßte man schon an Hexen oder gleich an den Satan denken! Diesen Zufall wollen wir gar nicht erst in nähere Betrachtung ziehen. Da kommt schon Spacek mit dem Objekt. Also wollen wir mal."
Nun wurde das Laken weggezogen, um den Toten auf den Seziertisch zu legen und die Studenten drängten näher, sie machten teils lange Hälse und teils Notizen.
Auf der Pritsche lag - eine weibliche Leiche. Die Tote mochte zwischen dreißig und fünfunddreißig Jahre alt gewesen sein. Sie hatte rotblondes Haar und ein nicht unhübsches Gesicht.
Das Auffälligste an ihr waren die großen, fülligen Brüste, das breite Becken und die prallen Schenkel. Sie war der Urtyp dessen, was man seinerzeit als "Mährische Amme" bezeichnet und geschätzt hatte, stämmig zwar, aber durchaus weiblich und gut proportioniert.
Kopfschüttelnd sah der Professor den Gehilfen an und meinte: "Spacek, sie müssen sich in der Kammer geirrt haben!"
Der stierte die Tote an, dann sagte er: "A - aber - Herr Professor - wir haben ja derzeit nur zwei weibliche Leichen in Verwahrung!" Dann stürzte er hinaus in die Eiskammer, öffnete eine Tür nach der anderen - wo auf der Pritsche eine Leiche lag, zog er das Laken

weg, er suchte den Y-förmigen Schnitt von den Schultern über das Brustbein bis zum Nabel - alle waren noch unversehrt!
Er wankte zur Tür, hielt sich am Türstock fest und sprach lallend zum Professor: "Man hat die Leichen ausgetauscht! Aber - ohne mein Beisein kann da doch niemand herein! Das muß mit dem Teufel zugegangen sein!"
Filipowitsch und Meyerweck schritten an dem kalkweißen Spacek vorbei, um sich selbst zu überzeugen. Dann standen beide im Zwischengang und sahen sich wortlos an. Der Assistent murmelte: "Die englische Leiche?" Professor Filipowitsch hatte ihn trotzdem verstanden und entgegnete: "Kollege, bitte jetzt nur kein unbedachtes Wort!"
Dann kehrten beide in den Sezierraum zurück und der Professor wandte sich an die Studenten: "Meine Damen und Herren, ich muß sie um Entschuldigung bitten. Eine Verwechslung, deren Ursache ich erst nachgehen muß, hat den interessanten Unterricht vereitelt.
Genießen sie ihre Ferien, ich hoffe, daß wir im nächsten Semester mit einem Lichtbildvortrag und den Untersuchungsergebnissen von Herrn Kollegen Meyerweck diesen interessanten Fall reproduzieren werden können.
Herr Spacek, bitte sperren sie die Türe auf. Auf Wiedersehen!"
Und er sank in einen Sessel.
Die fragliche Leiche lag zu dieser Zeit wieder im Garten des Schlosses Hartstein-Eggberg - und zeigte keine Zeichen von Obduktion...
So wie sie bei der ersten Autopsie auch keine Merkmale einer Strangulation aufgewiesen hatte!

5. Kapitel

Neben dem Gartentor in der Burgmauer auf Schloß Hartstein-Eggberg stand ein kleines Kassenhäuschen. Dort wurde eine geringe Gebühr eingehoben, um die allernotwendigsten Instandhaltungs- und Reinigungsarbeiten in den Schauräumen durchführen zu können.
Fremdenführer und Erzähler war einer der Lehrer, der am Samstag keinen Unterricht hatte. Er vollbrachte diese Leistung ehrenamtlich und - warum soll man es nicht eingestehen? - er bekam an Trinkgeldern fast ebensoviel zugesteckt, als Eintrittsgelder eingehoben wurden. Kein Besucher wußte, daß es sich um einen Lehrer handelte und gab daher reichlich.
Er war es auch, der auf die Instandhaltung achtete und für notwendige Instandsetzungen vom Grafen Eckberg ab und zu einen mäßigen Geldbetrag erhielt, den er mit dem Schweizer Bankhaus gewissenhaft verrechnete.
Die Frau des Schulwartes kam einmal wöchentlich herauf, um Staub zu wischen und aufzukehren. Ihre Dienste wurden aus den Einnahmen für die Führungen entlohnt. Das Saubermachen mußte natürlich auch im Winter erfolgen, wenn keine Gäste kamen, und auch diese Verrechnung besorgte der Herr Lehrer pünktlichst.
Eben für jenes Kassenhäuschen war eine Lichtstromleitung und ein Telefonanschluß in das Schloß herauf verlegt worden.
Als die Leiche abermals auf dem selben Fleck aufgefunden wurde - seit dem ersten Male waren immerhin Wochen vergangen, - bat der Lehrer und Fremdenführer die jetzt zu einem Teil erschrockenen und andererseits doch neugierigen Touristen, an ihrem Platze zu bleiben und rannte zum Telefon.
Der diensthabende Gendarm mußte mit Gewalt an sich halten, um dem Anrufer keine Grobheiten an den Kopf zu werfen. Er holte tief Atem, zählte bei sich: eins, zwei, drei, vier, fünf, vier, drei, zwei, eins, holte nocheinmal tief Atem und sagte dann: "Bleiben sie alle, wo sie sind, wir kommen."
Während der Lehrer zu seiner Besucherschar zurückkehrte, telefonierte der Diensthabende mit dem Ge-

meindearzt, der reagierte fast ebenso, wie vorhin der Gendarm. Dann sagte er: "Gut, fahren sie bei mir vorbei, ich komme mit."
Der Freiherr Markus von Wittnow war regungslos auf seinem Platze stehengeblieben und hielt den Blick starr auf die nur ihm persönlich bekannte Leiche. Welche Gedanken durch seinen Kopf stürmten, sah ihm niemand an. Ein Steinblock konnte nicht regungsloser sein. Es schien, als erwarte er ein Ereignis.
Ein solches bahnte sich an, als sei ein Regisseur an der Arbeit, der nach einem ausgefeilten Drehbuch Szene für Szene über die Bühne bringt!
Selbstverständlich hatte der diensthabende Gendarm dem Postenkommandanten vom Einsatz Meldung gemacht. Selbstverständlich hatten anwesende Kollegen gehört, worum es ging und untereinander kopfschüttelnd debattiert, natürlich ergebnislos. Tenor der Unterhaltung war: Da hat der Teufel seine Hand im Spiel!
Und es war unvermeidlich, daß der eine oder andere Gendarm seiner Frau davon erzählte und in kürzester Zeit wußte ganz Obersteinhausen von der Geschichte. Wie das bei Gerüchten so geht, kam bei jeder Erzählung eine nur ganz winzige Kleinigkeit dazu und so landete schließlich die Nachricht, daß Satan persönlich vor allen Leuten die Leiche eines Verdammten in den Schloßgarten gebracht habe, in einer Wolke von Gestank nach Pech und Schwefel und umloht von höllischem Feuer wieder fortgeflogen sei, im Pfarrhof von Untersteinhausen.
Kein Wunder, daß das Telefon im Pfarrhaus mehr als eine halbe Stunde lang besetzt war und der Pastor sich den Schweiß von der Stirne wischte, nachdem er zum zwanzigsten Male versichert hatte, alles zu tun, was sein Amt ihm gebot.
Dann rief er beim Bischof an und bat um Anhörung. Sie wurde ihm gewährt und er machte sich unverzüglich auf den Weg...
Inzwischen waren zwei Gendarmen und der Gemeindearzt im Schloßgarten angekommen. Der eine Beamte war beim ersten Mal dabeigewesen, als man den sonderbaren Toten fand. Er und der Gemeindearzt erkann-

ten, daß es sich zweifelsfrei um die selbe Leiche handelte.
Leise sprach der Diensthabende mit dem Lehrer: "Führen sie die Leute durch das Schloß; bis sie mit der Besichtigung fertig sind, haben wir den Toten hoffentlich auch schon weggebracht. Geben sie mir den Schlüssel zur Kassa, ich muß telefonieren. Dann lege ich ihn in diese" er zeigte sie dem Lehrer - "Mauernische. Bitte kommen sie so bald als möglich ins Revier, damit wir ihre Aussage zu Protokoll bringen können. Danke, adieu für jetzt!"
Zwar noch etwas nervös, doch mit gewohnter Routine, führte der Lehrer die Schar ins Schloß. Der Freiherr zögerte, sich ihm anzuschließen. Er hätte nur allzugerne gewußt, was mit dem toten Chevalier geschah.
Doch da kam schon der Gendarm auf ihn zu: "Bitte gehen sie mit in das Schloß, das hier ist nichts für Neugierige!" Von Wittnow schaute dem Beamten in die Augen und es erging dem, wie dem Reiser, als der Freiherr sagte: "Sie werden mich noch bitten um eine Auskunft. Aber wer weiß, ob ich sie ihnen dann noch geben kann. Wie sie wollen." Und er schritt in das Schloß, der Touristenschar nach.
Verdutzt blieb der Gendarm stehen - und dann machte er seinen größten Fehler: "Angeber!" sagte er bei sich und ging zu seinem Kollegen, der am Telefon hing. Eben hörte er noch, wie der Diensthabende ungeduldig ausrief: "Ich habe auch am Wochenende Dienst, einer muß es doch immer tun! Und wenn ihr Sachbearbeiter angeln ist, dann muß es einen Stellvertreter geben! Ich habe gar nicht gewußt, daß es eine Dienstvorschrift gibt, nach der am Weekend Mord und Totschlag verboten sind! Geben sie mir ihren Chef!"
Und als er eine anscheinend unbefriedigende Antwort erhielt, sagte er mit ganz leiser, gefährlich drohender Stimme: "Bitte, Herr Kollege, wie sie wollen. Ihren Namen, Dienstgrad habe ich nicht verstanden. So, Dienstnummer, bitte." Er kritzelte auf einem Papierstückchen mit, was die Stimme am anderen Leitungsende quakte.
"Danke! Und richten sie ihrem Herrn Oberinspektor

Rader aus, ich erwarte seinen Rückruf am Revier Obersteinhausen. Und noch viel Vergnügen zum Weekend!" konnte er sich nicht verkneifen, zu sagen.
Wieder einmal wurden der Tote und seine Umgebung fotografiert und der Diensthabende gratulierte sich dazu, daß er nicht über Polizeifunk mit der Mordkommission in der Hauptstadt gesprochen hatte. Sonst wäre die unvermeidliche, sensationsgierige Reporterschar aufgetaucht, um sich, koste es was es wolle, ihr Zeilenhonorar zu verdienen - noch dazu gerade jetzt, zu Beginn der Saure-Gurken-Zeit!
Die serienmäßig erzeugten Rundfunkgeräte, darunter auch die Autoradios, waren so begrenzt ausgeführt, daß der Polizeifunk und die benachbarten Bereiche, wie Rotes Kreuz, Feuerwehr und andere nicht mitgehört werden konnten. Jedoch konnte jeder halbwegs geschickte Elektronikbastler den Wellenbereich hinausdehnen. Genau das hatten alle Reporter sich richten lassen und hingen an den Durchsagen, um möglichst als Erste an Ort und Stelle zu sein.
Zum zweiten Male wurde der unbekannte Tote in das Polizeiauto gehoben, wobei sich zur Überraschung des Arztes keinerlei Verwesungserscheinungen bemerkbar machten. Von Leichenstarre konnte ohnehin längst keine Rede mehr sein.
So kam es denn auch, daß der Dienstwagen nach Untersteinhausen fuhr und den Leichnam in der dortigen Prosektur ablieferte. Am Wochenende war dort nur ein Helfer anwesend, der den Toten übernahm, in die Kühlkammer brachte, den Eingang bestätigte und dann in einem "Geisterkrimi" weiterlas.
Wie sinnvoll: Leichendiener, Prosektur und Gruselkrimi...
Als der Wagen den Doktor ausgeladen hatte und vor der Dienststelle hielt, kam ein heftig gestikulierender Gendarm herausgestürzt und rief: "Gut, daß du da bist, ich habe die Mordkommission am Apparat, ein Oberinspektor Rader!"
Der diensthabende Kollege stieg aus und ließ seinen Beifahrer den Wagen abschließen. Er eilte zum Telefon und meldete sich. Längere Zeit lauschte er den Ausführungen Raders, und als der zwischendurch einmal

Atem holte, sagte er: "Okay, Herr Oberinspektor, ich nehme das zur Kenntnis. Mich kann nichts mehr überraschen - und wenn sie jetzt behaupten, der Mann im Mond hätte sein Kalb vom Sternzeichen Stier decken lassen und liefere jetzt über die NASA regelmäßig Milch nach Washington!"
Der Oberinspektor japste: "Sie, also Herr Kollege, das geht zu weit! Wollen sie mich zu besten halten? Wie reden sie denn mit mir? Was für einen Dienstgrad haben sie?" Der aber lachte und sagte: "Ich habe mich nicht über sie lustig gemacht, Herr Oberinspektor, aber geben sie doch zu, daß ihre Dienststelle ebenso perplex ist, wie die unsere!"
Nachdem er wieder eine Weile zugehört hatte, sagte er schließlich: "Jawohl, Herr Oberinspektor, ich muß meinem Postenkommandanten ohnehin Meldung machen. Sie bekommen unseren Bericht und wir ihr Schreiben. Ja, danke, auf Wiederhören!"
Zu seinen Kopllegen sagte er: "Ein sehr anstrengender Herr, der Ober! Und jetzt gebt Ruhe, ich schreibe meine Meldung!"
Währenddessen war auch der Pastor bei seinem Bischof eingetroffen. Der hieß ihn Platz nehmen und hörte sich dessen Bericht an.
Erst schüttelte er den Kopf, doch als der Pastor geendet hatte, stellte er die Frage: "Und was davon, lieber Herr Bruder, haben sie selbst gesehen?" Der neigte das Haupt, doch dann sah er dem Bischof offen in die Augen: "Richtig ist, daß es vor allem weibliche Gemeindemitglieder waren, die mich angerufen haben. Aber ausnahmslos alle haben sich auf den Gendarmerieeinsatz bezogen, alle den gleichen Sachverhalt erwähnt. Einer oder zwei, meinetwegen auch zehn können sich irren! Aber von rund zwanzig Leuten einunddasselbe zu hören - da mußte doch etwas dahinterstecken!"
"Ja," seufzte der Bischof, "wenn sie meinen Rat annehmen wollen, so gehen sie am besten selbst zur Gendarmerie und zum Arzt. Halten sie mich bitte auch auf dem laufenden. Die Touristen, die den angeblichen Satansbraten gesehen haben, werden sie wohl nicht mehr antreffen, höchstens den Lehrer, der sie geführt hat.

Und noch einen zweiten Rat, mein Lieber. Bauen sie in ihre morgige Predigt ein: Satan, Luzifer, Teufel, oder wie der Name sonst noch lauten mag, kann es nicht geben. GOTT allein ist allmächtig und allgegenwärtig. Wie sollte ER sein Reich mit einem Widersacher teilen, wenn er gar nicht muß? Wer könnte IHM widerstehen wollen?
Das, was profan so genannt wird, vom altsemitischen Baal oder Beelzebub bis zum Satan, von dem im Evangelium die Rede ist, ist das Böse im Menschen selbst. Es muß durch den Menschen überwunden werden, er kann es, wenn er Gott vertraut. Und so gehen sie nun hin, mein Bruder, und lehren sie ihre Gemeinde Vertrauen!"
Obersteinhausen besaß nur ein einfaches Holzkirchlein ohne jeden Prunk. Der Pastor von Untersteinhausen hielt den Gottesdienst an jedem ersten und dritten Sonntag unten, am zweiten und vierten Sonntag des Monats oben. An kirchlichen Feiertagen, welche nicht auf einen Sonntag fielen, war um neun Uhr Gottesdienst in Untersteinhausen und um vierzehn Uhr oben.
Dieser war der erste Sonntag im Juli und der Pastor hatte durch die Gemeindevertreter in Obersteinhausen alle Gemeindemitglieder in die untere Kirche eingeladen. Nach dem liturgischen Teil, der Predigt, den Gebeten und gemeinsamen Liedern kam er auf die Geschehnisse im Schloßgarten zu sprechen:
"In meiner Predigt war heute die Rede von der Stelle, wo der Teufel Jesus auf die Anhöhe führte und ihm die Herrschaft über die ganze Gegend anbot, wenn Jesus ihn anbeten wolle. Die Antwort ist bekannt: Apage, Satanas!
Ich habe inzwischen mit dem Arzt, dem Lehrer und den Gendarmen gesprochen, zuvor auch mit unserem Herrn Bischof und um seine Meinung gebeten." Und er zitierte dessen Worte. "Wir stehen vor Tatsachen, für die wir keine Erklärung haben. Vorschnell von Wundern zu sprechen, wäre nicht sinnvoll, keineswegs aber gibt es ein teuflisches Wirken." Und er wies abschließend darauf hin, daß Christus allein Wunder vollbracht habe, aber die Apostel in seinem Namen.

Auch der Lehrer war unter der versammelten Gemeinde gewesen. Als er sich nun an der Kirchentür verabschiedete, erwähnte er so nebstbei, daß ein Logiergast von den "drei Grafen" ebenfalls Zeuge dieser Vorgänge war, der möglicherweise noch dort wohne.
"Menschenskind, und das sagen sie erst jetzt? Gehen sie am besten jetzt gleich anschließend zur Gedarmerie, sie müssen am Heimweg dort ohnehin vorbei! Warten sie, ich möchte sie begleiten, der Herr Bischof hat mir aufgetragen, ihn auf dem laufenden zu halten."
Die beiden Herren fuhren kurz darauf mit dem Wagen des Pastors bei der Gendarmerie vor und erzählten dort die Neuigkeit. Der Postenkommandant war heute anwesend, er schickte sofort einen Beamten in den Gasthof, er möge den Fremden höflichst einladen, in das Revier zu kommen.
Nach gar nicht langer Zeit kam der Freiherr von Wittnow in Begleitung des Gendarmen an. Er hatte eben sein Frühstück beendet gehabt. Der Postenkommandant begrüßte ihn freundlich und stellte ihm den Lehrer und den Pastor, der in Zivil gekommen war, vor.
Als der Herr von Wittnow vernahm, daß er dem Geistlichen gegenüberstand, erbleichte er wiederum und konnte sich nur mit Mühe aufrecht halten. Dann sagte er zu den Beamten: "Sie wollen sicher wissen, was ich an diesem Tage bemerkt habe. Aber ich möchte sie bitten, eine Viertelstunde mit dem Herrn Pastor hier allein sprechen zu können. Danach werde ich ihre Fragen beantworten."
"Aber warum wollen sie denn nicht gleich sagen, was sie später doch erzählen wollen?" fragte der eine Gendarm verwundert. "Weil sie mir nicht glauben würden. Aber der Herr Pastor ist der einzige Mensch, der ihnen die Wahrheit meiner Aussage wird bestätigen können."
Alle Umstehenden machten große Augen, einer riß sogar den Mund auf. "Nun, warum nicht" sagte der Kommandant und bat die beiden Herren in einen Nebenraum. Dann nahm er an einem Schreibtisch Platz, ein anderer Beamter zog schon einen Papierbogen mit mehreren Durchschriftseiten in die Schreibmaschine. Ein anderer rauchte eine Zigarette, aber keiner sprach ein

Wort. Dem Lehrer hatten sie einen Stuhl angeboten.
Dann kam der Freiherr von Wittnow mit dem Pastor wieder heraus. Der Geistliche sagte zu den Gedarmen: "Ich habe so etwas noch nie erlebt - wenn ich auch manchmal von ähnlichen Dingen gehört habe. Die Gerüchte um das Schloß sind keine blühende Phantasie. Soviel glaube ich schon sagen zu dürfen. Und jetzt, Herr Baron, sind sie dran."
"Ich heiße Markus Freiherr von Wittnow und bin in Marienwerder geboren. Mein Geburtsort liegt heute in Rußland, damals war es Baltikum und gehörte zu Preußen." so begann er seine Erzählung. Gar manche verwunderte Zwischenfragen hatte der Freiherr zu beantworten, aber seinen preußischen Paß von damals hatte er den Beamten vorgelegt. Jede Kleinigkeit wurde in der Niederschrift genau festgehalten. Und der Schlußsatz lautete: "Die Leiche, die im Schloßpark gefunden worden ist, ist die meines Mörders. Es war der Chevalier Lucien de Malmarchais."
Auch noch nach Abschluß des Protokolles gingen die Reden und Fragen hin und her. Schließlich unterschrieb der Freiherr die Niederschrift, der Pastor und der Lehrer als Zeugen, mit markiger Hand vermerkte der Postenkommandant: Vor mir, am ... Juli ...
und setzte seine Unterschrift ebenfalls darunter. Von der Niederschrift erhielt unter anderen der Pastor eine Kopie für seinen Bischof.
"Ich habe noch eine letzte Bitte" sprach der Freiherr: "Mir war verwehrt, ein Gotteshaus zu betreten, als Untoter mußte ich abwarten, ob ein Zufall mir den Segen zuteil werden läßt, den ich in so vielen Nächten erfleht habe. Jetzt ist dieser Zufall eingetreten - ich möchte ihn als Fügung ansehen. Herr Pastor, ich bitte um ihren kirchlichen Segen!"
Vor allen Anwesenden kniete der Freiherr Markus von Wittnow nieder und der Pastor machte das Kreuzeszeichen über ihn und empfahl ihn der Gnade Gottes. Als er die Worte sprach: "Im Namen des Vaters und des Sohnes und des Heiligen Geistes" wurde die Gestalt des Knieenden immer durchscheinender, er schien noch weiter zusammenzusinken. Und als der Pastor geendet

hatte, sahen sich die Anwesenden stumm an: Der Freiherr war verschwunden.
Auf Rache hatte er verzichtet.
Er hatte den Höllenfürsten überwunden, den er in sich getragen hatte.

6. Kapitel

Amtliche Schriftstücke brauchen manchmal recht lange, ehe sie zu denjenigen gelangen, an die sie gerichtet sind. Das FBI und Interpol waren am raschesten. Sie jagten die angefragten Kennzeichen durch ihre Dateien und funkten an die Mordkommission zurück: Körpermerkmale (Narben etc.), sowie Fingerabdrücke nicht registriert. Damit konnte zumindest ein Teil der Nachforschungen als abgeschlossen bezeichnet werden.
Noch wollte man nicht die Presse einschalten. Zwar glaubte die Gendarmerie, scharfe Hochglanzfotos zu haben; daß es sich um einen Toten gehandelt haben mußte, würde man sehen. Aber jemand, der ihn zu Lebzeiten gekannt hatte, sollte ihn zweifelsfrei identifizieren können. Doch gab es da ein gewisses Handicap:
Wenn es nämlich stimmen sollte, daß diese Leiche eine Mumie war, würde es wohl kaum einen Lebenden geben, von dem Auskunft zu erwarten war. Natürlich hatte es damals auch noch nicht die Kenntnis von der Einmaligkeit der Fingerabdrücke gegeben - und sie konnten einfach nirgends registriert sein! Schließlich war es noch keine hundert Jahre her, daß die Daktyloskopie kriminalwissenschaftlich anerkannt worden war; die entsprechenden Register waren erst um die Jahrhundertwende international angelegt worden. So durfte man sich auch keinen hochgeschraubten Erwartungen hingeben.
Aber ein guter Kriminalist gibt niemals auf - und der Oberinspektor Rader, sieht man von seinen kleinen menschlichen Schwächen ab, war ein guter Kriminalist.
Er war ein cholerischer Herr, aber auch schnell wieder beruhigt und nicht nachträgerisch. Seiner Familie war er herzlich zugetan, aber für seine Dienststelle jederzeit verfügbar; er hörte sich selber gerne reden, doch konnte man jedes seiner Worte auf die Goldwaage legen. Er liebte es, in seine Stammkneipe zu gehen und einen vorzüglichen Wein zu trinken, jedoch niemals hatte man ihn betrunken gesehen.
Dieser Fall mit den vertauschten Toten hatte ihn aber über Gebühr genervt.

Für sich nannte er den Professor Filipowitsch einen "typischen Akademiker", wobei er bei sich selbst etwas ganz charakteristisches dachte, wohlweislich aber nicht aussprach. Von dem Doktor Meyerweck dachte er kurzerhand nur "Spinner", weil der von dem englischen Zeitungsartikel erzählt hatte. Und Herr Spacek war für ihn einfach ein "besoffener Leichenschieber".
Bis er den Bericht des Gendarmeriepostenkommandanten aus Obersteinhausen in Händen hielt: Mit allen Zeugen und Unterschriften, sowie dem amtlichen Dienstsiegel.
Der Oberinspektor las den Durchschlag der Niederschrift einmal, zwei- und dreimal - dann ging er damit zu seinem Chef.
Zu Raders großem Leidwesen war dieser auch Akademiker, Magister juris. Aber der Oberinspektor tröstete sich damit, daß eben die Ausnahme die Regel bestätigen müsse, denn sein Chef war ein bemerkenswert tüchtiger Herr!
Auf das "Herein" seines Vorgesetzten trat Rader ein und schloß behutsam hinter sich die Türe.
"Na, was führt sie zu mir?" fragte der Chefinspektor.
"Chef, ich habe da eine Meldung, mit der ich nicht klarkomme. Aber sie ist von ihnen paraphiert - darf ich also annehmen, daß sie sie genau gelesen haben?"
"Ja, Herr Kollege, und ich habe mir dabei auch gedacht, daß sie damit zu mir kommen würden. Setzen sie sich doch, und dann wollen wir zusammenfassen, was wir wissen - oder zu wissen glauben." Der Oberinspektor nahm Platz und schaute den Chef gespannt an: "Wollen sie damit sagen, Chef, daß sie das glauben, was da drinnen steht?" und er stach mit dem Zeigefinger auf die vor ihm liegenden Blätter.
"Als Tatsache, lieber Kollege Rader, müssen wir hinnehmen, daß wir ein amtliches Papier vorliegen haben. Das ist das Erste. Ferner gibt es Zeugen, denen man zubilligen muß, daß sie sehr wohl begriffen haben, was sie da unterschrieben haben. Ein Pastor und ein Lehrer sind nicht irgendwer, ein Postenkommandant und seine Beamten keine Märchenerzähler, sondern nüchterne Polizisten. Das ist das Zweite und Dritte.
Der Hochschulprofessor Filipowitsch, sein Assistent

Doktor Meyerweck und der Diplompfleger Spacek sind nicht irgendwelche Leute, sondern gewöhnt wissenschaftlich, das heißt logisch zu denken. Das wäre das Vierte. Und fünftens haben wir dreißig Zeugen, die bestätigen, die weibliche Leiche gesehen zu haben, für deren Herkunft es - derzeit noch - keine Erklärung gibt.
Wir können heilfroh sein, daß alle diese Leute noch keinem Zeitungsreporter etwas erzählt haben. Doch bin ich mir sicher, daß die Studenten davon erzählen werden. Am besten wird sein, wir stellen uns unwissend, erwähnen den englischen Zeitungsartikel als entfernten Verwandten des Seeungeheuers und spielen die Angelegenheit herunter. Ich habe schon mit Filipowitsch gesprochen. Er und seine Herren tun dasselbe. Der Ärmste ist total verwirrt davon, daß es etwas gibt, das es nicht geben dürfte - und das ausgerechnet bei ihm."
Rader hatte aufmerksam zugehört und erwiderte dann: "Sie glauben also, was da steht, Chef?"
Der entgegnete: "Ich möchte es so sagen: Zunächst muß ich damit leben und sie müssen ihre Arbeit darauf aufbauen. Wahr oder unwahr - es wird und muß sich etwas herausstellen. In Oberstein- und Unterhausen oder wie diese Nester dort heißen, ist schon der sprichwörtliche Teufel los. Wir können nur unsere Kollegen und den Lehrer verpflichten, die Geschichte als übertriebenen, abergläubischen Geisterquatsch abzutun. Die müssen selber damit fertig werden, der Pastor wird von Amts wegen schweigen und der Bischof auch. Wir müssen die ganze Arbeit allein erledigen, natürlich zusammen mit Professor Filipowitsch."
Unsicher erhob sich der Oberinspektor und sagte: "Ich danke für die - ähm - Aufklärung. Selbstverständlich halte ich mich an ihre Anweisungen." Und als er sich an der Tür noch einmal umdrehte, schüttelte er den Kopf, sah zu seinem Chef hinüber und murmelte hörbar: "Das mir?" Dann ging er in sein Büro.
Er begann seine Arbeit mit dem Anruf beim Gendarmerieposten, bat um Benachrichtigung des Lehrers und um die notwendige Untertreibung - von Geheimhaltung konnte ohnehin keine Rede mehr sein.

Von der weiblichen Leiche, die da plötzlich an Stelle einer männlichen war, sagte er kein Wort, getreu dem Grundsatz: Was dich nicht brennt, mußt du nicht blasen.
Trotz allem, was er in den letzten Tagen hatte hinnehmen müssen, obwohl es jeder kriminalistischen Erfahrung und Logik widersprach, konnte er nicht ahnen, wohin die Entwicklung treiben sollte.
Zunächst nahm er sich das Krankenhaus Untersteinhausen vor und sprach mit dem Direktor. Dieser war selbst ein durch langjährige Praxis geschulter Mediziner. Der versprach dem Oberinspektor, daß natürlich er, so wie auch der Anatom, der die Obduktion durchgeführt hatte, die ärztliche Schweigepflicht nicht verletzen würden. Der Prosekturgehilfe wußte ohnehin nichts anderes, als daß die Leiche vom Sankra der Universitätsklinik nach der Hauptstadt gebracht worden war.
Damit gab sich der Oberinspektor zufrieden und durfte wohl annehmen, daß von dieser Seite keine unliebsame Störung zu erwarten war - und das Geschwätz um die Burggespenster lief sich erfahrungsgemäß mit der Zeit von selber tot.
Prompt natürlich hatten Studenten bei Zeitungsredaktionen angerufen und von einer überzähligen Frauenleiche berichtet - vielleicht in der Hoffnung auf eine Gratifikation für ihre Meldung.
Aber als einige Reporter mit Kameras und Tonbandgeräten anrückten, wurden sie in der abgesprochenen Weise cool abgefertigt.
Ein Hörfehler hätte dazu geführt, daß die Eintragung auf einen Lucien anstatt einer Lucia gelautet habe, der Irrtum sei sofort korrigiert worden.
Bitte, wenn sie eine Tote fotografieren wollen - wir können ihnen zur Zeit drei zur Auswahl anbieten!
Die Reporter verzichteten.
Bis auf einen: Der erinnerte sich, in einer englischen Zeitung etwas gelesen zu haben von einem Lucien - nicht von einer Lucia. Das konnte natürlich ein Zufall sein, die Chancen standen vielleicht eins zu tausend oder noch schlechter, aber: In deutschen Landen war der Name Lucien äußerst selten. Ja, in Frankreich, in

der Schweiz oder in Belgien mochte er gebräuchlich sein.
Der Reporter opferte einen Abend und wühlte die Registratur durch. Er erinnerte sich nicht mehr, in welcher Zeitung der Bericht erschienen war, damals auch hatte ihm jeder Zusammenhang gefehlt. Immerhin hatte sein Verlag deren vier ständig abonniert.
Tatsächlich, gegen elf Uhr nachts, fand er den betreffenden Artikel:

"Ghost murders Shepherd!"

Er machte sich eine Xerokopie dieser Seite, stellte die Box wieder ordentlich in ihr Regal und ging, vor sich hinträllernd, heimwärts. Bevor er ins Bett stieg, duschte er und belohnte sich selbst mit einem doppelten, goldfarbenen, guten alten Calvados.
Trotzdem stand er früh auf, meldete sich telefonisch in seiner Redaktion und marschierte dann schnurstracks zur Polizeidirektion, wo er sich bei der Mordkommission anmeldete.
Auf die Frage, in welcher Angelegenheit, entgegnete er schlicht und deutlich: "In Sachen Lucien de Malmarchais, gestorben am Galgen 1815 bei Wilton, Grafschaft Wiltshire, England."
"Waaas?" war die Antwort. "Wollen sie mich zum Narren halten? Wer sind sie, wie heißen sie?" Der Reporter zeigte seinen Presseausweis.
"Was geht denn uns der englische Galgenvogel an - wann, sagen sie, wurde der dort gehängt?"
Die Türe zu dem Amtszimmer des Oberinspektors hatte offen gestanden, Rader kam jetzt heraus und fragte: "Was ist denn hier los?" Der Beamte sagte: "Der Herr hier ist ein Reporter und will eine Aussage machen - über einen Engländer, der gehängt worden ist..." Der Reporter unterbrach ihn: "Bitte entschuldigen sie, es war kein Engländer; es war der Chevalier Lucien de Malmarchais, und der wurde 1815 als Raubmörder in England hingerichtet!"
Kaum hatte Rader diesen Namen gehört, lief er erst blaß, dann rot an, packte den Reporter hastig bei einem Ärmel und zog ihn in sein Büro, dessen Türe er mit dem Fuß zustieß. Der Beamte im Vorzimmer

schüttelte den Kopf und brummte bei sich:
"Mir scheint, da drinnen habe ich jetzt zwei Spinner! Naja, der Ober wird's mir dann schon erklären." Und er ging wieder an seine Arbeit.
In seinem Büro hüpfte der kleine, rundliche Oberinspektor wie ein Gummiball herum, nötigte den Reporter, sich hinzusetzen und stellte sich vor.
"Sehr erfreut, Herr Oberinspektor. Ich heiße Sebastian Schurig und bin vom Pressehaus-Verlag. So, und jetzt bitte: Darf ich fragen - oder wollen sie fragen?"
Rader hatte sich endlich beherrscht und ebenfalls Platz genommen, er schaute Schurig an und sagte: "Sie müssen einen Grund gehabt haben, zu uns zu kommen. Also bitte, fangen sie ganz von vorne an."
Der Reporter zog die Lichtkopie des Zeitungsartikels aus der Tasche und legte sie vor den Oberinspektor hin: "Ich darf doch annehmen, daß sie Englisch verstehen. Bitte lesen sie."
Rader überflog den Artikel und sagte dann: "Warum kommen sie damit zur Mordkommission? Das hier geht vielleicht Scotland Yard etwas an, wenn überhaupt an diesem Saure-Gurken-Geschreibsel etwas dran sein sollte!"
Schurig entgegnete: "Ich war bei Professor Filipowitsch, der hat uns mit nichtssagenden Redensarten abgespeist. Zufällig habe ich mitgehört, daß auch sein Assistent, Doktor Meyerweck, diesen Artikel gelesen hat. Und dann eine winzige, aber sehr bedeutende Kleinigkeit: Ich bin der Vetter von Liselotte Schurig, der Tochter des Wirtes "Zu den 3 Grafen" in Obersteinhausen und habe von ihr gestern erfahren, worüber man dort nicht sprechen soll. Der vermißte Tote ist dort zum zweiten Male aufgetaucht, an der selben Stelle, wie beim ersten Mal, und ohne jede Spur einer Obduktion.
Jedenfalls bin ich der Ansicht, daß sie, Herr Oberinspektor, viel zu aufgeregt waren, als daß ich annehmen sollte, der Name Lucien de Malmarchais sage ihnen nichts. Und jetzt bitte ich um ihren Kommentar."
"Na, das ist aber gut!" japste Rader und sprang wieder auf. "Sie wissen im Prinzip mehr als ich - und von mir verlangen sie eine Stellungnahme?

Herr Schurig, wir leben zu Ende des zwanzigsten Jahrhunderts. Wenn ich als Kriminalbeamter in der Öffentlichkeit erklären wollte, daß es französische, deutsche und meinetwegen englische Gespenster gibt, die da zwischen Wilton und dem Schloß Hartstein-Eggberg, zwischen dem Spital in Untersteinhausen und dem gerichtsmedizinischen Institut nach Belieben herumspazieren oder -fliegen; man würde mich erstens psychiatrieren und daraufhin zwangspensionieren!
Jetzt aber kommen sie, der Doktor Meyerweck, der Lehrer und der Postenkommandant von Obersteinhausen, der Pastor und der Anatom vom Krankenhaus in Untersteinhausen und beweisen mir, daß ich nicht verrückt bin - da muß man doch verrückt werden!
Herr Schurig, wenn sie nicht in ein Wespennest stechen wollen, dann lassen sie - vorläufig, ich bitte sie! - die Finger von dieser Story. Tun sie es nicht, dann - und das soll keine Drohung sein, nur eine Schutzmaßnahme - lasse ich sie psychiatrieren. Glauben sie mir, was ich ihnen jetzt unter vier Augen sage, sagen muß: Behörde und Ärzteschaft werden sie für verrückt erklären.
Erzählen sie ihrer Cousine, daß sie einem Altweibertratsch aufgesessen ist; der Pfarrer und die Gendarmen können dabei behilflich sein. Aber ein Wort an die Presse, und sie sind lebendig begraben!"
"Oho, Herr Oberinspektor! Wir leben, wie sie selbst gesagt haben, am Ende des zwanzigsten Jahrhunderts. Alle Medien würden meinen Fall genußvoll zerpflücken und die Behörde käme dabei nicht sehr gut weg!
Wir haben eine verfassungsmäßig garantierte Pressefreiheit. Metternich und Talleyrand, die Zensur und der Maulkorb sind tot!"
"Wie sie wollen, Herr Schurig. Wenn sie es verantworten wollen, daß aus unserem modernen Gemeinschaftswesen ein mitterlalterlicher Scheiterhaufenbetrieb wird, dann gehen sie an die Öffentlichkeit. Begreifen sie doch, Mann, was sie da anzünden! Haben wir nicht schon genug mit Sektierern, die Unsinn verzapfen und dafür groß abkassieren? Der größte Teil der Menschheit besteht aus Angsthasen und Feiglingen, der Aberglaube findet eher Nahrung, als die Vernunft. Ich weiß, was

sie mir jetzt antworten wollen: Es gibt sogar Lehrstühle für Parapsychologie, Hypnotiseure und Medien, Astrologen und was weiß ich, noch für obskure Gestalten.
Es ist zwar erwiesen, daß es Rutengeher gibt, die Wasser oder Metall finden, daß Ärzte mit Hypnose eine Heilung unterstützen und so weiter und so fort - aber ich bitte sie, hören sie, ich bitte! - behalten sie ihr Wissen vorläufig noch bei sich. Wir untersuchen ohnehin diesen Fall. Geben sie mir ihre Karte und ich versichere ihnen, daß sie der Erste sein werden, dem wir das Material freigeben werden. Was wir bis jetzt haben, sind Vermutungen, Spuren, nichts Handfestes." Der Oberinspektor streckte dem Reporter die Rechte entgegen.
Der ergriff die ihm dargebotene Hand nur sehr zögernd und sagte: "Gut, Oberinspektor - aber nur Waffenstillstand. Über Frieden oder Krieg wollen wir heute nicht mehr reden.
Es ist halt so, wie bei einem Schachspiel: Jeder Zug ist von Übel. Derjenige Partner, dem es gelingt, die kleineren Übel zu finden, muß schließlich gewinnen. Für sie muß ich hoffen, daß es eine Pattstellung wird, doch glauben sie mir andererseits sicher, daß ich für mich nur einen Sieg wünschen kann!"
Noch einmal schüttelten sie sich die Hand und Schurig verließ sehr nachdenklich das Haus.
Rader aber ging zum Chef, um ihm von der neuen Situation zu berichten.
Lehmann hörte sich die Geschichte an und lobte den Oberinspektor für seine Umsicht.
Dann frug er unvermittelt: "Gibt es denn keine Fotos? Wenn ich mich recht erinnere, hat dort ein Gendarm beide Male Aufnahmen gemacht!"
Rader erwiderte: "Nein, Chef, beim Akt waren keine Bilder!"
"Dann fragen sie doch nach, Herr Kollege, warum dem Bericht die Fotos nicht beigelegt worden sind!"
Der Oberinspektor ging in sein Büro zurück und griff zum Telefon.

7. Kapitel

Der Kollege Sebastian Schurig und ich teilen uns einen Büroraum. Da wir beide Außendienst versehen, haben wir kein aufwendiges Arbeitszimmer nötig: Zwei Schreibtische, zwei Telefone; ein Diktiergerät zum Mitschneiden von Gesprächen. Wir Zeitungsleute müssen uns nach allen Seiten absichern. Kaum ist eine gravierende Nachricht veröffentlicht - oder gar eine Skandalgeschichte! - und schon regnet es Dementis.
Die Anwälte rufen an, verlangen Entgegnung. Man hat uns schon mit Mord gedroht, Bestechung oder Erpressung versucht: "Der Minister (Präsident, Direktor oder sonst eine Krampusfigur) ist mein Freund (Vater, Onkel, Bruder oder dergleichen), wir werden schon dafür sorgen, daß sie hinausgeschmissen (vor den Richter gebracht und so fort) werden!!" Geistlose Leute, die sich vornehm auszudrücken versuchen, nennen das "eine Rute ins Fenster stellen."
Zum weiteren Mobiliar gehören vier Stühle für den Fall, daß ein Besucher, der Chefredakteur oder eine Stenotypistin Platz nehmen soll, eine Schreibmaschine für alle Fälle und ein breiter Schrank. Das Wichtigste aber ist die Kaffeemaschine.
Jetzt, da Sie wissen, wie es bei uns aussieht und zugeht, halte ich es an der Zeit, mich vorzustellen:
Ich heiße Ralph Mathae und bin wie Kollege Schurig Reporter. Wir sind gleichalterig und gut befreundet. Unser Beruf fasziniert uns, ständig sind wir auf der Jagd nach Neuigkeiten. Meistens sehen wir uns zum Wochenbeginn, stöbern in den Nachrichten, die man uns auf den Schreibtisch gelegt hat, führen einige Telefongespräche. Dann schwärmen wir aus, immer die Nase auf irgendeiner heißen Spur.
Rein zufällig sitzt Sebastian heute an seinem Schreibtisch, als ich hereinkomme, und schaut nachdenklich vor sich hin. Unvermittelt fragt er mich: "Glaubst du an übernatürliche Wesen?" - "Natürlich nicht," entgegne ich: "Was soll diese Frage?"
Schurig erzählt mir, was er erlebt und erlauscht hat, er zeigt auch mir die Ablichtung aus dem "Chronicle".

Dann berichtet er mir von seinem Besuch bei dem Oberinspektor Rader und dessen Warnung.
Jetzt bin ich es, der den Mund vor Staunen nicht zubringt. Dann aber klappe ich ihn doch hörbar zu, denn mir ist eine Idee durch den Kopf geschossen:
"Nimm dir doch deinen Jahresurlaub und fahr' selber hin! Wir haben ruhigere Tage vor uns und die Nessie erscheint von selbst in den Zeitungen. Die Kriege gehen weiter, manche Politiker werden zurückgetreten - alles kalter Kaffee. Die paar Wochen schmeisse ich den Laden hier schon alleine!"
Und Sebastian geht zum Chefredakteur, sein Urlaub wird bewilligt.

* * * *

Sebastian Schurig hatte seinen Entschluß gefaßt: Er fuhr nach Obersteinhausen zu seinem Onkel, dem Wirten "Zu den 3 Grafen".
Auf sein Auto hatte er für diesesmal verzichtet, nahm nur das wichtigste an Gepäck mit - und das war schon schwer genug: Die Kamera, Reiseschreibmaschine, Diktaphon; ferner sein Toilettezeug, drei Wäschegarnituren und ein paar Wanderschuhe. Was er sonst noch benötigen würde, konnte er sicherlich in Obersteinhausen kaufen.
So kam er in Untersteinhausen am Bahnhof an, wo er sein großes Gepäck zur Aufbewahrung gab und schnurstracks zum Pfarrhof eilte. Er hatte Glück, der Pastor war anwesend. Damit hatte der Reporter im stillen gerechnet.
Schurig stellte sich vor und brachte dann sein Anliegen zur Sprache: Er habe die Absicht, einen lückenlosen sachlichen Bericht über die rätselhaften Vorkommnisse um Schloß Hartstein-Eggberg für seine Zeitung zusammenzustellen.
Selbstverständlich bestand der geistliche Herr auf seiner Schweigepflicht, auch dann noch, als der Reporter sich auf sein Abkommen mit dem Oberinspektor Rader berief.
"Herr Pastor, ich respektiere ihre Verpflichtung, mir

keine Auskunft zu geben. Ist es ihnen aber auch verboten, mir auf meine Fragen eine verneinende Antwort zu geben?"
Nachdenklich zögerte der Pastor, dann zog ein Schmunzeln um seine Mundwinkel: "Sie sind ein guter Zeitungsmann, wir bräuchten mehr von dieser Sorte. Also gut, ich werde ihre Fragen verneinen - fangen wir an!"
Schurig hatte sein Diktaphon mitgebracht und um die Erlaubnis gebeten, das Gespräch aufzunehmen.
Dann entwickelte sich das sonderbarste Interview, das der Kirchenmann je erlebt hatte. Der Reporter stellte die Fragen so geschickt, daß der Pastor sie verneinen mußte und dabei alles das herausgefiltert wurde, was den Umständen nicht entsprach.
Was übrig blieb, war genau so gut, als hätte er alles erzählt - mit dem einzigen kleinen Unterschied, daß er eigentlich ohnehin alles verneint hatte!
Als der Sebastian Schurig gegangen war, nicht ohne sich herzlich zu bedanken, dachte der Pastor darüber nach, ob er verpflichtet sei, der Gendarmerie von diesem Gespräch Mitteilung zu machen. Dann aber entschloß er sich, nur an den Bischof zu schreiben, denn, so sagte er bei sich: Dieser Bursche wird zweifellos versuchen, beim Gendarmerieposten die gleiche Methode anzuwenden. Erreicht er seinen Zweck nicht, ist das eine Sache zwischen Presse und Behörde. Erreicht er ihn doch, so geht es mich nichts an.
Schurig kehrte frohgemut zum Bahnhof zurück und löste sein Gepäck aus, dann fuhr er mit dem Autobus nach Obersteinhausen. Bei seinem Onkel hatte er sich schon telefonisch angemeldet und wurde recht herzlich begrüßt. Auf seine Bitte hin erhielt er das gleiche Zimmer, das der Freiherr von Wittnow bewohnt hatte.
Auf seine Frage, wer denn eigentlich Logis und Konsumation für den Baron bezahlt habe, erfuhr er, daß der Herr Pastor eine Kollekte veranlaßt habe und damit dem Dreigrafenwirten alle ohnehin mäßigen Forderungen abgegolten worden seien. Dabei war aufgefallen, daß von Wittnow nur Getränk zu sich genommen, aber nie etwas gegessen hatte.
Seine Base Lieselotte fügte noch hinzu, daß der Herr

von Wittnow ohne alles Gepäck mit dem Gendarmen weggegangen wäre, aber nachher im Zimmer weder der Ranzen, noch Hut und Stock gefunden worden waren.

Der Bastel, wie Schurig von Onkel und Base genannt wurde, stärkte sich zuerst einmal ausgiebig. Dann ging er in sein Zimmer und spannte den ersten Bogen Papier in die Schreibmaschine. Alles das hielt er fest, was er bisher erkundet hatte; beginnend mit dem Anruf eines Studenten in der Zeitungsredaktion, dann die kargen Ausführungen des Professors, den wider Willen entschlüpften Hinweis des Assistenten auf das Vorkommnis vom Galgenhügel bei Wilton und seine eigene Nachforschung im Archiv.

Bogen um Bogen füllte sich, als er die Gespräche mit dem Oberinspektor, dem Pastor und seinen eigenen Verwandten niederschrieb.

Morgen würde er ein Interview mit dem Anatomen in Untersteinhausen vereinbaren. Später wollte er dann mit der Kamera den Hartberg ersteigen und Aufnahmen von Schloß und Garten schießen.

Nachdem er seine Gedächtnisprotokolle, wie er es nannte, niedergeschrieben hatte, rief er im Krankenhaus Untersteinhausen an, er bat, mit dem Doktor verbunden zu werden, dem die Pathologie unterstand.

Die Dame von der Direktionskanzlei bedauerte, der Herr Doktor wäre zur Zeit nicht im Hause. Ob man zurückrufen könne? Gerne! Schurig nannte seinen Namen und die Rufnummer des Dreigrafenwirtes - und wartete.

Da an diesem Tage kein Rückruf mehr erfolgte, entschloß sich der Reporter, am nächsten Morgen ohne Voranmeldung im Spital zu erscheinen. Er meldete sich bei der Direktion an - und er hatte Glück: Doktor Löwenstein, der Anatom und Pathologe, war anwesend.

Erstaunt vernahm dieser den neuesten Sachverhalt; für ihn war das Rätsel ebenso unlösbar. Der Heilgehilfe hatte ihm zwar den Zugang einer unbekannten Leiche gemeldet - aber ohne jede Anmerkung. Woher hätte er auch wissen sollen ...?

Jetzt wurde Doktor Löwenstein erst richtig nervös und bat Schurig, ihn für wenige Minuten zu entschuldigen.

Der Reporter konnte sich lebhaft vorstellen, was der Doktor jetzt tun mochte: Erst einmal die Eintragung prüfen, dann die Leiche besichtigen.
Und dann mußte der Arzt erkennen, daß er diesen Toten zum anderen Male vor sich hatte. Unverletzt! Wie er damit fertig werden würde, blieb abzuwarten. Genau so geschah es auch. Der Anatom prallte zurück, als er den Toten aufdeckte, den wohlbekannten Corpus vor sich sah, jedoch ohne jedes Anzeichen der von ihm selbst vorgenommenen Öffnung über Brust und Bauch, ohne abgehobene Schädeldecke.
Schreckensbleich kehrte er zurück, grinsend empfing ihn der Reporter. "Lachen sie nicht, Herr!" fuhr er Schurig an: "Das geht über jeden Spaß hinaus! Bleiben sie aber noch hier, ich muß sofort in die Direktion!" Und schon eilte er mit wehendem weißen Mantel hinaus.
Nach kaum fünf Minuten betraten drei aufgeregte Herren den Raum: Der Arzt, der Direktor und der Pfleger, welcher am Samstag den "unbekannten", aber mittlerweile schon bestens bekannten Toten in Empfang genommen hatte.
Die Herren stellten sich gegenseitig vor und der Direktor erklärte: "Sie müssen verstehen, Herr Schurig: Wir können nicht einfach darüber hinweg zur Tagesordnung übergehen. Erstens müssen wir den Sachverhalt schon für unser Krankenhaus schriftlich festhalten. Zweitens haben wir die Behörden davon zu verständigen - und drittens ist er mit allen Nebenumständen für die Wissenschaft von unerhörter Einmaligkeit. Wir stehen an der Schwelle des dritten Jahrtausends, doch möchte man glauben, wir lebten im fünfzehnten Jahrhundert!"
"Natürlich, Herr Direktor, und ich bin meinerseits gerne bereit, ihnen meine bisher erhobenen Tatsachen zur Verfügung zu stellen, ja, ich habe sie in weiser Voraussicht gleich mitgebracht." Und er zog die am Vortage vollgeschriebenen Blätter aus seiner Aktenmappe.
"Sie haben doch sicher ein Kopiergerät; machen sie sich bitte hiervon Ablichtungen. Ich kann meine Notizen nicht aus der Hand geben, sie sind Unikate."
Der Direktor und der Anatom nahmen nun auch Platz und der Direktor erbat über das Haustelefon eine

Kanne Bohnenkaffee und vier Tassen. Der Pfleger war mit den fünf Schreibmaschinenbogen in eine Kanzlei gegangen, und eben als eine Krankenschwester den Kaffee brachte, kehrte er mit den Kopien zurück, die Schurig den Ärzten übergab. Seine Originale steckte er wieder ein, nachdem er sich vergewissert hatte, daß kein Blatt fehlte.
Dann erzählten sich die vier Herren beim Kaffee nochmals alle ihnen bekannten Einzelheiten. Daß sie vor Schurig kein Geheimnis zu machen brauchten, war klar, der wußte ebensoviel wie der Pathologe und der Direktor - bloß aus einem anderen Gesichtswinkel gesehen.
Die Standpunkte wurden besprochen, ergänzt und festgehalten. Als nächsten Schritt beschloß man die unvermeidliche Mitteilung an die Behörde, örtlich war das der Gendarmerieposten Obersteinhausen. Der Krankenhausdirektor wollte dieses Gespräch baldigst hinter sich bringen und lud Schurig ein, mit ihm dorthin zu fahren.
Die Beamten waren alles andere, als erfreut, als sich Sebastian Schurig ihnen als Reporter vorstellte. Doch als er ihnen kundtat, daß er erstens fast mehr wisse, als sie selbst, zweitens von seinem Abkommen mit der Mordkommission und drittens von der Beratung mit den Herren im Hospital berichtete - was der Direktor bestätigte -, war der Postenkommandant zu einem Gespräch bereit.
"Wir waren Zeugen von dem Phänomen der Auflösung - Absolvation nannte es der Herr Pastor, wenn ich mich recht erinnere - nach der Erzählung und Aussegnung des Freiherrn von Wittnow. Der Bericht wurde der Landesgendarmeriedirektion und der Mordkommission zugeleitet, einen Durchschlag erhielt der Herr Pastor für seinen Bischof."
Mit einem bedeutsamen Blick auf Sebastian Schurig setzte er fort: "Von uns aus ist nichts an die Presse weitergegeben worden. Natürlich gibt es Gequatsche in der Bevölkerung, vorzugsweise den alten Weibern, dagegen ist die Behörde wie immer machtlos!"
Im weiteren Verfolg der Gespräche entspannten sich die Gemüter und alle Aspekte wurden durchgekämmt, als der Reporter die Frage aufwarf: "Wenn wir davon aus-

gehen, daß der Major also tatsächlich dort oben ermordet wurde und die Leiche seines Mörders zweimal an einer ganz bestimmten Stelle gefunden worden ist - könnte das vielleicht als Zeichen dafür gewertet werden, daß der Körper des Ermordeten dort eingescharrt wurde?"
Betroffen sahen sich die Anwesenden an. Daran hatte noch keiner von ihnen gedacht. Das hatte sicherlich nicht zuletzt damit zu tun, daß sich der rationale Verstand gegen jeden übernatürlichen Einfluß zu wehren versuchte. Der Beamte, der damals Dienstführender gewesen war, gab dem Ausdruck: "Nicht einmal der Herr Pastor hat diesen Gedanken erwogen!"
"Aber so abwegig, nach alledem, was hier geschehen und als Tatsache festgehalten worden ist, ist die Vermutung doch auch wieder nicht!" entgegnete Schurig und der Krankenhausdirektor nickte: "Herrschaft noch einmal, wenn das Auftauchen einer unversehrten Leiche Wochen nach deren Sezierung als Faktum anerkannt werden muß, warum sollte dem Hinweis auf den Fundort nicht nachgegangen werden? Man muß ja nicht gerade vor einem sensationslüsternen Publikum graben - aber verdient hätte es sich der arme Kerl von Wittnow schon, ein geweihtes Grab zu erhalten!"
"Gut," meinte der Postenkommandant daraufhin: "ich schlage vor, wir fragen den Pastor um seine Meinung. Nach - wie ich höre, einhundertsiebzig Jahren - ist dieser Umstand für die Behörde ohne Belang. Ich werde ein Zusatzprotokoll über die Suche machen und, wie ich hoffe, mit der Beerdigung der aufgefundenen Überreste abschließen."
Dieser Vorschlag fand allgemeine Zustimmung und daraufhin rief der Postenkommandant im Pfarrhof an. Der Pastor war zugegen und gab seine Einstimmung. Bei der Exhumierung wünschte er dabei zu sein, was ebenfalls auf keinen Widerspruch stieß. Schurig und ein Gendarm meldeten sich freiwillig zum Graben und so wurde der Donnerstagabend für die Arbeit vorgesehen.
Tatsächlich fand man an der angegeben Stelle die Gebeine eines Mannes. Der ebenfalls anwesende Anatom bestätigte nach einer ersten Überprüfung, daß es sich

zweifellos um eine männliche Leiche gehandelt haben mußte und nach einigen Überlegungen deren Alter zwischen vierzig und fünfzig Jahren geschätzt werden konnte. Man hatte mit hoher Wahrscheinlichkeit den letzten Überrest des Herrn Oberstwachtmeisters Markus Freiherr von Wittnow gefunden.

Ein seltsamer Zug bewegte sich am nächsten Tag von der Kirche in den Friedhof. Der Pastor hielt die Grabrede und dann nahmen die Herren Ärzte, der Reporter und der Postenkommandant letzten Abschied. Sie hatten auf ihren Schultern den einfachen, leichten Fichtensarg getragen.

Schurig hatte versprochen, sein Zeitungsverlag würde für einen Grabstein sorgen, sobald man mit der ganzen Geschichte an die Öffentlichkeit gehen durfte.

8. Kapitel

Professor Ignaz Filipowitsch hatte insofern Glück, daß infolge der Urlaubs- und Ferienzeit nur ganz wenige Zugänge zu verzeichnen waren und so hatte er zusammen mit Doktor Meyerweck auch schon die Drogentoten obduziert.
Wie zu erwarten war, fanden sich die typischen Einstichstellen, was für Morphium oder Heroin sprach. Das erstere war nicht "in", blieb also der "Goldene Schuß", die letzte, zu starke Dosis, als Todesursache.
"Leben ist Leben," pflegte der Professor zu sagen: "ob unwert oder nicht, steht uns nicht zu, zu beurteilen."
Dann kamen noch zwei Unfalltote auf den Seziertisch, ein Ertrunkener und ein Verkehrsopfer. Bei beiden wurde hohe Alkoholisierung festgestellt; das hatte bei dem einen zum Kollaps geführt, sonst hätte er durch sofortige von-Mund-zu-Mund-Beatmung und Herzmassage vielleicht noch gerettet werden können. Der andere, ein jugendlicher Autolenker, war auf die Gegenfahrbahn geraten und frontal in einen schweren Sattelschlepper gerast.
Nachdem diese Routinefälle erledigt waren, hatte man Herrn Spacek seinen Urlaub antreten lassen. Doktor Meyerweck sollte schon eine Woche später gehen können, nur den Fall der unbekannten Toten wollte man noch untersuchen und das Ergebnis der Polizeidirektion zu weiteren Nachforschungen übergeben.
Woher diese Frauenleiche gekommen und wie der tote Chevalier de Malmarchais weggekommen war, blieb weiterhin ungeklärt, da ein Zutritt ausschließlich im Beisein von Spacek möglich und erlaubt war. Nur wenn dieser zum Beispiel krank oder im Urlaub war, übernahm Doktor Meyerweck die Verantwortung.
Durch den Doktor Löwenstein aus Untersteinhausen wußte man, daß der Körper des Chevaliers ohne jede Spur einer Verletzung wieder in der dortigen Prosektur liege. Das wurde auch von seiten der Gendarmerie dem Oberinspektor Rader berichtet.
Der Professor und sein Assistent hatten alles, was zur täglichen Routine gehörte, aufgearbeitet und alles Ne-

bensächliche weit von sich geschoben. Der nächste Morgen sollte Klärung bringen, der heutige Abend der Entspannung dienen.
Gesagt, getan. Zwei ausgeruhte Wissenschaftler trafen sich um neun Uhr in der Pathologie und begrüßten einander mit herzhaftem Handschlag. Dann halfen sie sich gegenseitig in die hellgrünen Arbeitskittel und zogen die Gummihandschuhe an.
Während der Professor die zur Verwendung kommenden Geräte bereitlegte, ging der Assistent in die Eiskammer, um den Schragen aus der Zelle acht hereinzurollen.
Die Klimaanlage hatte man sofort nach dem Eintritt auf Frischluftbetrieb umgestellt, die OP-Leuchte eingeschaltet, die Türe abgesperrt.
Nun stand das Rollwägelchen neben dem Seziertisch. Der Assistent hielt die Sofortbildkamera bereit und der Professor zog das Laken weg, das die Tote bedeckt hatte.
Aus beider Munde löste sich ein unartikulierter Schrei, als sie auf den Körper starrten, der sich ihren Blicken darbot!
Die "mährische Amme", wie Meyerweck sie bezeichnend genannt hatte, war im Aussehen völlig verändert. Wie sah sie aus! Zwar vermittelte der gesamte Eindruck noch das Bild einer vollschlanken Frauensperson; die Haut aber schien über und über bedeckt von Brandwunden aller drei Grade: Rötungen, Brandblasen und Verkohlungen am ganzen Leibe, das beim ersten Augenschein rötlichblonde Haar versengt bis an die Wurzeln.
Wohl versuchten Filipowitsch und Meyerweck ihre Autopsie durchzuführen - doch wie bei einem gut durchgebratenen Huhn löste sich das Fleisch von den Knochen ab.
Als sie die inneren Organe erreichten, zeigten sich Herz und Magen steinhart, Gedärme und Leber stanken verbrannt, die Nieren waren wie Kohlenstücke, Unterleibsorgane zur Unkenntlichkeit verschmort.
Nach Abhebung der Schädeldecke zeigte sich auch das Gehirn als hoffnungslos eingetrockneter Klumpen, eine Fortsetzung der Autopsie war offensichtlich zwecklos.

Nach mehr als einstündiger Arbeit sprach der Professor seine Gedanken aus: "Schaut doch tatsächlich aus, wie eine verbrannte Hexe!" und der Assistent stimmte ihm voll bei.
Er entnahm den einzelnen Organen wohl noch Gewebsproben, die er zu analysieren gedachte, knüpfte aber keine großen Hoffnungen an die Ergebnisse.
Das Produkt der Untersuchungen wurde zusammengefaßt, dem Rektorat, der Polizeidirektion und informativ dem Landesgendarmeriekommando zugeleitet.
Vorweggenommen: Die Reaktionen umspannten den ganzen Bogen von ungläubigem Kopfschütteln bis zur Beamtlichen Gänsehaut. Letztere war in keiner Dienstvorschrift vorgesehen, wurde daher als privates Ereignis eingestuft und hatte, als in Büroräumen nicht erwünscht, zu unterbleiben, war somit vom Tagesgeschehen ausgeschlossen (wie das auf amtsdeutsch hieß).
Das Kopfschütteln war zwar amtlich auch nicht vorgesehen, konnte aber als dienstliche Reaktion nicht gut übergangen werden.
Die empfindlichste Antenne befand sich zweifellos in Obersteinhausen. Dort war man mit den Ereignissn unmittelbar konfrontiert und langsam wurde das Schloß - oder die Burg - von Hartstein-Eggberg Mittelpunkt der Szene.
Ein Oberstleutnant des Landesgendarmeriekommandos kam nach Obersteinhausen und schaltete sich in die laufenden Ermittlungen ein.
Ergebnislos, wie zu erwarten war.
Zugleich lief das Obduktionsergebnis an der, wie sie jetzt schon allgemein hieß, verbrannten Amme, ein.
Liselotte Schurig war wieder einmal das verbindende Gelenk, als sie ihrem Vetter Sebastian die neuesten Tratschgeschichten zutrug, von denen es jetzt in Ober- und Untersteinhausen nur so kochte.
Natürlich hatte einer der Gendarmen daheim von der unglaublichen Geschichte erzählt - später konnte nicht mehr eruiert werden, welcher. Vielleicht waren es mehr als nur einer -, jedenfalls kam Bastel, der Reporter, kaum noch nach mit der Schilderung der Volksseele einerseits und den Tatsachen andererseits; er fuhr nach

Untersteinhausen und brachte Interviews mit dem Pastor und dem Pathologen zuwege, er stieg zum Schloß und fotografierte, was ihm vor die Linse kam. Seine Berichte hatten schon jetzt den Umfang eines schmalen Taschenbuches erreicht und noch war kein schlüssiges Ergebnis abzusehen.
Dahinein knallte die Anfrage des Oberinspektors Rader, wo eigentlich die dazugehörigen Bilder wären, die angeblich von der Gendarmerie gemacht worden seien?
Der Postenkommandant fragte seinen Kollegen, der beidemale am Fundort gewesen war und dieser erklärte, die Filme zu haben, ordnungsgemäß entwickelt, Abzüge im Format 13 x 18 Zentimeter, selbstverständlich Hochglanz, nur - kein toter Chevalier sei darauf zu sehen gewesen.
Jetzt platzte dem Kommandanten der Kragen: "Ja, bist du denn wahnsinnig, das sagst du mir erst jetzt?" schrie er seinen Kollegen an. "Das ist nicht meine Schuld," sagte der: "Schau dir doch die Bilder an. Gestochen scharf, du kannst die Halme im Rasen zählen! Ich kann bei Gott nichts dafür, aber der Tote ist einfach nicht drauf. Komm, fahren wir hinauf - ich zeige dir genau den Platz und vergleich' ihn mit dem Film! Ich habe die Aufnahme beide Male gemacht und ich bin kein Anfänger, das weißt du auch. Tut mir leid, aber mehr ist da nicht zu wollen. Nur frag' mich nicht, warum - ich hab' die Sache bis obenhin!"
Sein Vorgesetzter nahm sich zusammen: "Schon gut, Kollege, ich glaub' dir ja. Aber Erklärung weiß ich auch keine."
Er zog seine Stirne in kummervolle Dackelfalten und schlurfte zum Telefon.
Der nächste, der zu platzen schien, war der Oberinspektor Rader.
"Wie bitte? Ich höre wohl nicht recht! Sie haben gestochen scharfe Hochglanzfotos ohne corpus delicti? - Was, das können sie mir nicht erklären? Ich kann es! Ihr Herr Kollege muß wohl besoffen gewesen sein! - Erzählen sie mir doch keine Zaubermärchen, Herr Kollege - was? Ja, beschweren können sie sich auch, aber vorher legen sie die Fotos vor!" und er knallte den

Hörer auf die Gabel.
Als er sich etwas beruhigt hatte, ging Rader zum Chefinspektor Lehmann, dem er die unglaubliche Geschichte berichtete. Und was im Dienste sonst nie vorkam: Der Chef stellte feierlich zwei Gläser auf den Tisch, ging zum Wandschrank und holte eine Flasche mit goldbraun glänzendem Scotch-Whisky herbei.
Er goß in jedes Glas zweidaumenhoch von der Flüssigkeit, sperrte die Flasche wieder weg und begann: "Setzen sie sich doch, lieber Ober, und entspannen sie sich. Prost, cheerio oder was sie sonst noch wollen. So ist's recht! Und jetzt fangen wir von vorne an."
Sie tranken einander zu und Rader mußte sich wieder einmal eingestehen, daß sein Chef ein pfundiger Kerl war - trotz mag.jur.!
Rein sachlich sprachen die beiden Herren alle Punkte durch. Rader machte sich stichwortartige Notizen und so kamen sie auch zu dem letzten Vorkommnis, den Fotos ohne den toten Chevalier - der doch darauf sein sollte.
"So, Kollege Rader, und somit kommen wir zu dem zwingenden Ergebnis: Wir verlangen Bilder von den Pathologien. Von Filipowitsch die Amme und von Löwenstein den Chevalier. Rufen sie sofort an und lassen sie sich die Bilder express zusenden. Das heißt - wenn sie wollen, die hiesige Pathologie können sie schon heute aufsuchen, wenn da noch jemand zu erreichen ist. Glückauf, Kollege!"
Sie tranken den Rest aus und Rader eilte zum Telefon.
Der Weg zum Erfolg ist steinig, eng und steil; so war es auch hier. In Untersteinhausen war eine Schwester am Apparat, die ihm versprach, sie wolle Doktor Löwenstein eine Nachricht auf seinen Schreibtisch legen.
Im gerichtsmedizinischen Institut meldete sich der Torwart und erbot sich, die Herren - oder doch wenigstens einen von ihnen telefonisch zu verständigen. Natürlich, versprechen könne er nichts.
Rader schaute auf die Uhr: Zehn vor fünf. Er begann seinen Schreibtisch aufzuräumen und machte sich fertig zum Heimgehen. Schon hatte er die Bürotür von außen geschlossen, als er die Telefonklingel anschlagen hörte.

Das muß wohl so sein, dachte er, hob ab und meldete sich.
Am Apparat war Doktor Meyerweck: "Na, Herr Oberinspektor, was ist denn so eilig? Fast hätten sie mich aus der Badewanne geholt! - Wie bitte? - Ja, haben sie denn unseren Obduktionsbericht noch nicht gelesen? - Ach so, dann muß er wohl noch in ihrer Einlaufstelle liegen. - Fotos? Alle mißlungen. Muß wohl am Apparat liegen. Möglich auch am Film. - Nein, habe sie nicht weggeworfen! - Ach so? Dann will ich sie mir noch genauer ansehen. - Wie bitte? - Eine Sofortbildkamera habe ich verwendet. - Na ja, eigentlich aus Gewohnheit. - Ja, ich sehe mir die Bilder nochmals an! - Schön, Herr Rader, ich komme morgen damit zu ihnen. Auf Wiedersehen!"
Mit gerunzelter Stirn legte der Oberinspektor langsam den Hörer auf. Als Kriminalist war er fest davon überzeugt, daß es keine Zufälle gibt - nur Vorkommnisse, die man sich deshalb nicht erklären kann, weil man die Zusammenhänge nicht sieht. Manche Hintergründe werden mit der Zeit sichtbar, manche nie. Das nennt man gedankenlos Zufall...
Am anderen Morgen stürmte ein sehr aufgeregter Doktor Meyerweck in Raders Büro. Er legte ein Kuvert auf den Schreibtisch des Kriminalbeamten und warf sich in den angebotenen Stuhl: "So etwas habe ich noch nie erlebt! Sehen sie sich die Bilder mit einer Lupe an, Herr Rader. Dem Herrn Professor habe ich noch gestern telegraphiert, kurz, bevor das Postamt schloß!"
Der Oberinspektor nahm aus einer Schreibtischlade ein Vergrößerungsglas und die Fotos aus dem Umschlag. Wortlos prüfte er ein Bild nach dem anderen, zwischendurch blickte er den Assistenten an, schüttelte den Kopf und meinte dann: "Lieber Doktor, ich lasse mir jetzt ihr Untersuchungsergebnis aus der Einlaufstelle holen - es sollte eigentlich schon auf meinem Tisch liegen. Mir ist sehr lieb, daß sie da sind, denn ich werde vielleicht noch Fragen haben."
Rader verlangte über das Haustelefon das Dossier, dann bat er die Vermittlung um eine Verbindung mit dem Krankenhaus Untersteinhausen, Doktor Löwenstein.

Gleich darauf klopfte es und ein Bote brachte den verlangten Autopsiebericht. Der sonst oft cholerische Herr Oberinspektor war bemerkenswert ruhig, er begann zu lesen. Da schnarrte das Telefon, am Draht meldete sich der Pathologe aus Untersteinhausen: "Was kann ich für sie tun, Herr Oberinspektor?"
"Herr Doktor, ich bitte um Fotos den toten Chevaliers Malmarchais. Haben sie eine Kamera dort? - Fein, sie brauchen den Film nicht erst entwickeln zu lassen. Ich schicke einen Kradfahrer, der ihn abholt. - Wie bitte? - Egal, wieviel unbelichtet bleibt! Ich brauche die Bilder sofort! - Ja, danke, Herr Doktor! Auf Wiederhören!"
Dann meldete er sich und Doktor Meyerweck beim Chef an. Lehmann bat die beiden Herren zu sich.
Rader erklärte kurz, warum er einen motorisierten Boten nach Untersteinhausen beordert habe und legte dem Chefinspektor die Bilder und den Befund auf den Schreibtisch.
"Mein lieber Ober, wenn ich sie nicht so genau kennen würde, hielte ich das hier" er zeigte auf die Fotos "für Trickaufnahmen. Und den Befund - sie verzeihen, Doktor! - für faulen Zauber. Mein Verstand wehrt sich dagegen. Aber meine Herren, da sie mir für die Tatsache bürgen - eine Tatsache, die auch ich mir nicht erklären kann -" und er zuckte die Schultern.
Doktor Meyerweck zeigte der Reihe nach auf die Aufnahmen: "Hier, Herr Chefinspektor, sehen sie auf dem ersten Bild den Seziertisch und zwei Hände, welche Klammern halten. Die sehen aus, wie Miniaturrechen. Das war nach dem Y-Schnitt, damit werden die großen Hautlappen auseinandergehalten. Nur - den Körper selbst sieht man auf dem Bild nicht." So ging der Assistent die Bilder der Reihe nach durch.
"Hier sehen sie die Säge, mit der das Abheben der Hirnschale vorbereitet wird, und meine Hand. Diese Aufnahme machte Professor Filipowitsch. Den Kopf der Toten sieht man nicht, wohl aber den Seziertisch gestochen scharf."
Dann ließ der Chefinspektor sich den Zustand der Leiche erklären. Meyerweck schilderte die Frauensperson, wie sie an dem Tage ausgesehen hatte, als die

Verwechslung offenbar geworden war, und dann den Zustand vor der Untersuchung durch den Professor: Typische Brandwunden am ganzen Körper.
Da mischte sich Rader in den Vortrag ein: "Wenn der von ihnen geschilderte Vorgang sich innerhalb von zwei oder drei Wochen abgespielt hat - wäre es da sehr abwegig, wenn der Prozeß sich in der Zwischenzeit weiter vollzogen hätte? Haben sie gestern oder heute die Tote schon kontrolliert?"
Konsterniert schauten der Arzt und der Chefinspektor den Ober an. Meyerweck sprang auf und sagte: "Oberinspektor kommen sie mit? Wir können das sofort machen. Ich hatte meinerseits noch keine Veranlassung, aber jetzt -"
Lehmann stimmte zu und ergänzte: "Bitte machen sie auch jetzt Aufnahmen von dem, was sie vorfinden!"
Die beiden Herren eilten aus dem Zimmer und fuhren mit Doktor Meyerwecks Auto in das Gerichtsmedizinische Institut.
Immer zwei Stufen auf einmal nehmend, eilten die beiden Männer in den Souterrain. Der Doktor besaß einen Schlüssel zu den Räumen dort. Er nahm die Sofortbildkamera aus dem Geräteschrank und zeigte sie dem Oberinspektor, der sich ebenfalls vergewisserte, daß Filme in der Kassette waren. Man probierte das Blitzlicht - auch das war in Ordnung.
Und dann führte der Arzt den Beamten in die Eiskammer und zog aus der Zelle acht die Bahre heraus. Sie starrten auf das, was von der Frauenleiche noch übriggeblieben war: ein Häufchen Asche, ungefähr in den Konturen eines menschlichen Körpers.
"Und ihre Gewebsproben?" frug der Oberinspektor. "Ja, die werden wir uns auch ansehen; erst einmal mache ich Bilder von dem da." Der Assistent machte drei Aufnahmen aus verschiedenen Blickwinkeln. Nach etwa vier bis fünf Minuten waren die Bilder sichtbar.
Man sah nur die Bahre. Keine Asche, keine Konturen. Und doch lag die Asche vor ihren Augen!!
Dann gingen beide, nachdem der Schragen zurückgerollt worden war, in das angrenzende Laboratorium. Meyerweck stellte sämtliche entnommenen Gewebsproben

nebeneinander auf den Tisch - auf jeder Glasplatte, in jeder Petrischale Asche, nichts als kleinere oder größere Häufchen Asche. Der Doktor machte auch hier noch zwei Aufnahmen, doch als die Bilder sichtbar wurden, erkannte man nichts als Glasplatten und Glasschalen. Auf den Fotos keine Spur von Asche oder sonst irgendetwas.
Sprachlos sahen sich beide an. Rader sagte: "Es widerspricht jeder rationalen oder kriminalistischen Logik - aber ich habe soetwas erwartet!" Und Doktor Meyerweck nickte dazu. Seine menschliche Vernunft, seine ärztliche Ausbildung, alles sträubte sich dagegen, anzuerkennen, was hier vorgegangen war.
Nichtsdestoweniger stand er vor Tatsachen, und nicht nur er allein. Der Kriminalbeamte, nicht minder realistisch, war sein Zeuge.
Dann fuhren sie wieder in das Polizeipräsidium und berichteten dem Chefinspektor Lehmann, was sie vorgefunden hatten. Sie legten die zuletzt gemachten Fotos vor.
Lehmann war nicht besonders beeindruckt, er hatte so etwas nicht befürchtet, eher erwartet!
"Sie werden sehen, meine Herren, daß wir auch auf dem Film des Doktor Löwenstein mit einem solchen Phänomen zu rechnen haben. Der Bote müßte in einer halben Stunde da sein; das Entwickeln, Fixieren und Vergrößern dauert rund ebensolange, zehn Minuten für das Trocknen gerechnet - also in fünf Viertelstunden haben wir alles beisammen.
Herr Doktor Meyerweck, es steht ihnen frei, zu entscheiden, ob sie hier warten wollen oder wegzugehen wünschen."
Der Arzt entgegnete: "Obwohl ich auch ihrer Meinung bin, daß wir die Leiche des Franzosen nicht sehen werden, will ich hier warten."
"Gut," sagte der Chefinspektor: "Herr Kollege Rader, sie setzen sich mit der Grafschaftspolizei von Wiltshire in Verbindung. Geben sie unsere Fakten dort bekannt und versuchen sie, alle erhobenen Details zu erhalten - am besten über Telex. Zeichnen sie in meinem Namen."
Während der Oberinspektor zum Fernschreibsaal eilte,

gingen Lehmann und Meyerweck noch einmal alle bekannten Punkte der Reihe nach durch.
Erscheinung hin, Telekinese her, Glauben oder Aberglauben, alles wurde gereiht und gewichtet. Leute, wie diese beiden Praktiker, welche nicht im Entferntesten mit einem derartigen Problem gerechnet hätten, sahen sich einer unbegreiflichen Tatsache gegenüber!
Rader hatte das Fernschreiben in englischer Sprache durchgeben lassen und war dann in das Chefbüro zurückgekehrt: "Die Antwort wird vermutlich nicht postwendend einlangen. Ich habe verlangt, daß das Telex hierher gebracht wird, sobald es ankommt."
Dann kam der motorisierte Bote mit dem Film, der sofort in das Fotolabor gebracht wurde.
Wie Chefinspektor Lehmann vorausgesagt hatte, waren die fünf Viertelstunden vergangen, als die Hochglanzfotos vorlagen. Sechs Bilder, aus verschiedenen Positionen aufgenommen, zeigten eine leere Bahre, aber -
Doktor Löwenstein hatte eine gute Idee gehabt: Er hatte auf Kopf, Brust, Bauch und Unterschenkel des toten Chevaliers de Malmarchais seine größten Instrumente gelegt. Auf den Bildern waren diese scharf und deutlich sichtbar, aber so, als schwebten sie in der Luft!
Eine Notiz über diese Maßnahme hatte er dem Boten mitgegeben, mit der Bitte um Rückruf, sobald die Bilder fertig wären.
Oberinspektor Rader rief den Doktor Löwenstein an, dankte und bestätigte die Richtigkeit der Maßnahme.
Auf die Bitte des Anatomen hin sagte er zu, Kopien nach Untersteinhausen als Beleg für Löwenstein und das Spital zu senden, diesmal allerdings mit der Post. Damit war der Arzt einverstanden.
Das ausführliche Fernschreiben kam erst am nächsten Vormittag. Es bestätigte den Vorfall, ergab aber nichts neues.

9. Kapitel

Sebastian Schurig hatte sein abgegebenes Versprechen gehalten und nichts von seinen Ermittlungen an die Presse weitergegeben oder sonstwie an die Öffentlichkeit gebracht. Das und der Umstand, den Dreigrafenwirten zum Onkel zu haben, hatte ihm einen Vertrauensvorschuß eingebracht, man diskutierte offen mit ihm.
Gewissenhaft notierte sich der Reporter, was ihm offiziell oder auch inoffiziell zu Ohren kam. In der Wirtsstube wurde er eingeladen, sich zu dem Lehrer oder zu den Gendarmeriebeamten, dem Postenkommandanten und dem Oberstleutnant zu setzen. Dabei erfuhr er auch von den merkwürdigen Fotobelegen.
Daraufhin wandte er sich an Doktor Löwenstein. Der hatte sich bereits von der Aufrichtigkeit und Verschwiegenheit Schurigs überzeugen können und so zeigte er ihm auch die Fotos von - oder besser gesagt ohne! - Malmarchais. Er erzählte ihm vom gegenwärtigen Stand der Dinge, soweit sie ihm bekannt waren.
Was in Obersteinhausen sonst noch getratscht wurde, erzählte ihm seine Kusine Lieselotte.
Noch hatte der Bastel Urlaub, daher war er in der Redaktion seiner Zeitung niemand abgegangen. Er wollte aber keine einzelnen Nachrichten einrücken, sondern trug sich mit dem Gedanken, sein Material zu einer Serie zusammenzufassen. Wenn diese ein deutliches Echo zeigte, konnte man daraus einen Roman machen, ein Buch herausgeben.
Also wartete er eigentlich nur ab, daß das Polizeipräsidium die gebotene Schweigepflicht aufhob, zumal es sich um Ereignisse handelte, die der Mordkommission wirklich gar nicht mehr zugehörten, denn sie waren doch verjährt. Und wenn dies für einen Mord nicht zutraf, so waren die Akteure in dieser Tragödie längst nicht mehr am Leben. Zu klären war also nicht die legistische Seite dieser Geschichte, sondern die Begleitumstände - sofern sie überhaupt zu klären waren...
An einem dieser Abende, kurz vor Ende seines Urlaubes, saßen der Reporter, seine Base und der Lehrer

beisammen, als Lieselotte die Frage aufwarf: "Herr Lehrer Sommer, sie machen die Führungen - woher haben sie die dazugehörigen Informationen?"
"Natürlich aus den Unterlagen und Hinweisen aus der gräflichen Bibliothek." Der Reporter stieß sofort nach: "Und wo ist diese?" Sommer antwortete: "Zum Teil im Schloß und zum anderen, dem wahrscheinlich neueren Teil in Lausanne im Haus des Grafen. Dorthin war ich eingeladen, als ich das Amt als Fremdenführer übernahm, von dort habe ich mein Wissen."
Darauf wieder Lieselotte: "Und wo im Schloß sind diese älteren Dokumente?" Sommer wiegte das Haupt: "Die liegen zwar wohlverwahrt, aber ungeordnet in Truhen, Kästen und Spinden. Niemand dürfte sich seit langer Zeit die Mühe gemacht haben, jene Schriften, Bücher und andere Fragmente zu sichten und zu ordnen.
Auch ich habe nicht die Zeit dazu, denn der Schulbetrieb beschränkt sich nicht auf die Unterrichtsstunden. Da sind Arbeiten zu korrigieren, Themen vorzubereiten, Vorträge pflichtgemäß zu besuchen. Dann die Besprechungen und Elterntage, die eigene Weiterbildung - glauben sie mir, ein Lehrer hat nicht selten mehr Arbeitsstunden, als ein Fabriksarbeiter, der nach Hause gehen darf, wenn die Sirene ertönt!"
"Schön, schön, Herr Lehrer, niemand wirft ihnen etwas vor. Aber: Ich habe noch einige Tage Urlaub. Dürfen sie mir diese Papiere, Bücher oder was sonst es wäre, zeigen, sie mich studieren lassen? Meine Integrität steht doch hoffentlich außer Zweifel! Doktor Löwenstein hat mir da etwas erzählt. Den Anfang der Geschichte habe ich selbst in der Hauptstadt erlebt und wenn ich das ganze richtig zusammenfüge, handelt es sich um die Erzählung von der verbrannten Amme, die da noch herumgeistern soll, wie man mir berichtet hat."
Sommer zögerte mit der Antwort: "Eigentlich müßte ich den Herrn Grafen um seine Einwilligung bitten. Ich bin sicher, daß er sie mir geben wird. Wissen sie was, Herr Schurig: Ich schreibe ihm für alle Fälle, aber sie können meinetwegen schon morgen mit der Arbeit beginnen. Nur eines bitte ich mir aus: Sie gehen ganz

zeitig früh ins Schloß, damit niemand sie sieht und die Tratscherei keine Nahrung erhält. Beim Verlassen müssen sie ebenso vorsichtig sein. Und dann geben sie mir jeden Tag einen Bericht. Einverstanden?"
"Einverstanden!" sagte Schurig: "Und meinen Onkel werde ich bitten, daß Lieselotte mir helfen darf."
Der Reporter erhielt vom Dreigrafenwirten die Einwilligung und vom Lehrer Sommer die Schlüssel. Lieselotte war mit Feuereifer dabei und der Brief an den Schloßherrn wurde abgesandt.
Schon am frühen Morgen des nächsten Tages machten der Bastel und seine Kusine sich auf in das Schloß und an die Arbeit. Der Lehrer hatte ihnen genau angegeben, wo die Schriften aufbewahrt seien.
So arg, wie dieser gemeint hatte, war das Durcheinander nun wirklich nicht. Die ältesten Aufzeichnungen waren handschriftlich und befanden sich in einer eisenbeschlagenen Truhe. Sie begannen etwa um die Mitte des fünfzehnten Jahrhunderts und waren in einer schönen, aber schwer leserlichen Schrift und Sprache abgefaßt.*
Lieselotte und Sebastian Schurig teilten sich in das Studium und gegen Mittag hatten sie sich bis zum Ende des fünfzehnten Jahrhunderts durchgelesen. Es war nicht die Fülle des Materials, die Anzahl der Schriftbogen, sondern die mittelalterliche Ausdrucksweise, die beiden die größten Schwierigkeiten bereitete.
Von Todesfällen und Geburten, über Klagen und Schiedsgerichte, von Pacht und Schenkungen war die Rede, von Erwerb durch Kauf, Mitgift und Grenzkämpfen.
Die Ritter von Hartstein hatten auch die hohe Gerichtsbarkeit, sie konnten die Todesstrafe verhängen und auch ausführen lassen.
Lieselotte war es, die den Fund machte: "Da, lies mal, Bastel! Im Hornung 1511 anno domini nach dem Hexenhammer (Von den Inquisitoren Heinrich Institoris und Jakob Sprenger verfaßt und 1487 in Straßburg erstmalig gedruckt.) zu richten: Die Amme des Junkers von Hart-

*(Die Wiedergabe erfolgt hier in zeitgemäßer Schriftsprache)

stein, welcher durch die Zauberkünste der besagten Marthe Pehaim im Alter von viereinhalb Monaten verstorben und verdorben, was die Weibsperson bei hochnotpeinlicher Befragung gestanden, um aus seinem vom Fieber erhitzten Blut einen Zaubertrank zu brauen. Sintemalen die Pehaim das Erhitzen des Kindesblutes zugegeben, soll sie durch Hitzen büßen."
"Da hast du auch den Grund für die Geschichte von der verbrannten Amme, wie sie hierzulande erzählt wird!" sagte Bastel.
Lieselotte weiter: "Dann steht da in einer anderen Handschrift: Die Hexe Marthe Pehaim ist nach der Einkehrzeit von vier Wochen am Pfahl verbrennet worden. Der Geistliche Rat hat der Zauberin den Segen verweigert, vielmehr ihr den vorgeschriebenen Bannfluch nachgerufen."
"Gib her, bitte!" Und Sebastian Schurig machte sich daran, dieses Schriftstück in der Originalschreibweise zu seinen Notizen hinzuzufügen.
"Morgen werde ich mit Herrn Pastor Nimetz darüber sprechen." sagte er: "Ich bin der Ansicht, daß hier ein Zusammenhang besteht mit der Erzählung des Oberstleutnants. In dem Gerichtsmedizinischen Institut in der Hauptstadt soll es so ein mysteriöses Vorkommnis gegeben haben. Ja, und wenn ich schon in Untersteinhausen bin, kann ich auch gleich den Doktor Löwenstein besuchen und fragen, was er über die Sache weiß."
Lieselotte fügte hinzu: "Der Herr Pastor ist sicher bereit, im Schloß einen Segen für die arme Weibsperson zu sprechen! Ob sie nun wirklich um Mitternacht geistert oder nicht! Es ist fürchterlich, was diese Ärmsten damals erleiden mußten. Der Säugling hat halt hohes Fieber gehabt und keiner konnte ihn heilen, also ist er gestorben. Der Amme war er anvertraut, drum gab man ihr die Schuld - so leicht machten die es sich! Auf der Folter gestand jede und jeder, was man von ihr oder von ihm hören wollte - oder er überlebte sie schon nicht.
Was mußten das für Bestien gewesen sein, diese rohen Folter- und Henkersknechte! Der Ritter und der Geistliche dazu: statt zu denken, verließ man sich auf den

Hexenhammer, statt zu untersuchen, woran der arme Säugling wirklich erkrankt war, schleuderte man der Frau in ihrer Qual noch höchstchristlich einen Fluch nach!"

Lieselotte hatte sich richtig warmgeredet und ihrer Empörung Luft gemacht: "Wenn man bedenkt und weiß, daß es so geschehen ist, nicht nur in diesem Fall, nein, hundertmal und tausendmal - man vermag es gar nicht zu begreifen. Schämen muß man sich, von solchen Vorfahren abzustammen!"

Sie und Bastel machten sich auf die Suche nach weiteren Angaben und fanden heraus, daß die Verbrennung am Pfahl im Burghof selbst stattgefunden haben mußte "angesichts der Kapelle". Da jene heute noch unverändert war, ließ sich der Platz für dieses Autodafé unschwer bestimmen. Der Pfahl mußte sich nach aller Überlegung zwischen dem Tor zur Kapelle und der damaligen Umfassungsmauer befunden haben, ziemlich mittig, weil die Zuschauer sicher im Kreise herumsaßen. Ein Grundriß der Burg war vorhanden, der Standpunkt kaum zweifelhaft!

Nichtsdestoweniger waren beide zufrieden mit dem Ergebnis der heutigen Nachforschung. Sie sperrten alle Räume sorgfältig wieder ab und versicherten sich, daß niemand sie beim Verlassen des Schlosses beobachtete. Noch dazu benützten sie zwei verschiedene Wege für den Abstieg nach Obersteinhausen und kamen daher auch nicht gleichzeitig bei den "3 Grafen" an.

Lieselotte hatte den kürzeren, geraden Weg genommen und sich sofort in den Schankraum begeben, als ob nichts geschehen wäre. Im Flüsterton teilte sie ihrem Vater den Erfolg mit.

Als Sebastian etwas später hereintrat und grüßte, zwinkerte der Onkel ihm vergnügt zu.

Den Nachmittag benützte der Reporter wie schon so oft zum Ordnen der Notizen und gleichzeitig entstand das Gerüst für seine große Serie, die zu publizieren er sich wünschte. Die Serie wieder sollte als Basis für einen Roman dienen. Sebastian Schurig hatte vor, sich weitere Informationen von kompetenter Seite zu holen: An den Lehrstühlen, bei Professoren für Psychologie

und Parapsychologie, Recht und Religion gedachte er sich Rat und Auskunft zu erfragen.
Sollte das so zusammengetragene Material dem Ziel entsprechen, das Schurig sich gesetzt hatte, dann hoffte er, über den Verlag, zu dem seine Zeitungsredaktion gehörte, auch das Buch absetzen zu können. Was ihm die größte Schwierigkeit bereitete, war der Titel.
Als Journalist wußte Schurig, daß dieser Titel zugkräftig sein soll und doch nicht den Eindruck der Phantasterei erwecken darf. Ein "seriöser" Titel hinwiderum mochte dem präsumtiven Leserkreis eher nichtssagend erscheinen. Immer wieder wälzte er das Problem, kam aber damit nicht zu Rande.
Als am Abend der Lehrer Sommer eintraf, winkte Schurig ihn in das Extrazimmer.
Wie verabredet worden war, erzählte er dem aufhorchenden Lehrer von der heutigen Ausbeute und machte ihn mit seinen Absichten für den folgenden Tag bekannt. Sommer wußte, daß er sich auf den Reporter verlassen konnte und stimmte zu. Aus diesem Kreise gab es keine Indiskretion, das drückte er auch aus.
Den Gedarmen gegenüber war eine Offenheit nicht mehr erforderlich, denn mit der Übergabe des Falles an die Mordkommission war für sie die Sache ohnehin erledigt.
Der Oberstleutnant war heute ebenfalls abgereist, er begab sich zurück zu seiner Dienststelle im Landesgendarmeriekommando.
Ab und zu steckte Lieselotte den Kopf zur Türe herein und der Lehrer geizte nicht mit Lob für seine ehemalige Schülerin: "Damals habe ich öfters mahnen müssen, heute kann ich stolz sein auf die Lieselotte Schurig!" bekannte er freimütig.
Anderntags fuhr Schurig am frühen Morgen mit dem Autobus nach Untersteinhausen. Er hatte sich bereits telefonisch vorangemeldet, gleich um acht Uhr sollte er bei Doktor Löwenstein sein, da hatte dieser Zeit für ein Gespräch.
Gegen elf Uhr konnte Pastor Nimetz für eine Aussprache zur Verfügung stehen. "Und zu Mittag bitte ich sie, bei einem einfachen Mahl unser Gast zu sein.

Meine Frau wird sich freuen, sie kennen zu lernen." hatte der Pastor hinzugefügt.
Pünktlich um Acht führte eine Krankenschwester den Reporter zu Doktor Löwenstein. Erfreut ob solcher sonst nicht sehr üblichen Pünktlichkeit, lud der Arzt Schurig zum Sitzen ein: "Eben kommt mein Frühstück; darf ich sie zum Kaffee einladen? Dieser ist kein Krankenmalzkaffee, sie können ihn ruhig trinken! Wir mehr oder weniger Gesunden haben gottseidank eine Espressomaschine - privat, versteht sich." Lachend willigte Schurig ein.
Als die beiden Herren dann gemütlich beisammensaßen, begann der Anatom: "Nun, wo drückt sie der Schuh?"
Jetzt berichtete der Zeitungsmann zusammengefaßt über seine Recherchen, aufgegliedert in die drei Vorkommnisse Freiherr von Wittnow, Chevalier de Malmarchais und die bedauernswerte Marthe Pehaim.
Löwenstein hörte zu, ohne Schurig zu unterbrechen, er machte sich nur stichwortartige Notizen. Als der Reporter alles erzählt hatte, begann der Arzt:
"Als Mediziner muß ich Spekulationen dieser Art von mir weisen. Als Mensch halte ich es mit dem klassischen Sprichwort, daß es mehr Dinge zwischen Himmel und Erde gibt, als unsere Schulweisheit sich träumen läßt. Als Christ muß oder soll ich glauben, daß sichtlich Wunder geschehen sind.
Sie kennen wahrscheinlich die Geschichten vom Bermudadreieck. Sie konnten nicht erklärt, ihnen aber auch nicht widersprochen werden. Dann gibt es den amerikanischen Arzt Dr. Moody, der Krankengeschichten und Berichte gesammelt hat, welche auf ein mögliches Weiterleben nach dem leiblichen Tode hindeuten sollen. Ferner gab es einen jungen Mann namens Edgar Cayce, der ein psychomedizinisches Phänomen gewesen sein soll - er ist schon vor einiger Zeit verstorben. Dieses Medium war angeblich imstande, für eine bestimmte Erkrankung, - die nicht einmal von den behandelnden Ärzten eindeutig diagnostiziert worden war - die Gehirne der bedeutendsten Ärzte auf diesem Gebiete abzufragen, welche Heilmethoden oder Medikamente anzuwenden seien und darüber hinaus angeben konnte,

wo gegebenenfalls diese Medikamente erreichbar wären. Überflüssig, zu bemerken, daß die Heilungen krankengeschichtlich bestätigt wurden.
Ich persönlich habe dazu keine Meinung, denn ich bin ein einfacher Landarzt und meine Aufgabe ist es, nach dem Tode eines Patienten festzustellen, was die Todesursache war und ob er die richtige, zielführende Behandlung erfahren hat. Sie können das sogar als medizinisches Handwerk bezeichnen, ich wäre ihnen nicht böse. Für Wunder bin ich nicht zuständig.
So, und nach dieser Feststellung zu ihren Fragen: Von der Hexenverbrennung habe ich gehört, wie jeder hier im Lande. Sie haben die Fakten erhoben - soweit gut. Aus der Hauptstadt hörte ich vom Kollegen Meyerweck von den stattgefundenen Veränderungen. Darauf kann ich mir von meiner wissenschaftlichen Ausbildung her keinen Reim machen - Meyerweck übrigens auch nicht. An jenen Tatsachen zu zweifeln, habe ich keinen Anlaß, zumal auch ein höherer Beamter der Mordkommission in dieser Endphase anwesend war.
Fall Nummer zwei: Lucien de Malmarchais, Chevalier, Offizier, Mörder und Gehenkter. Ihn hatte ich vor mehreren Wochen hier in der Prosektur. Die Todesursache steht heute - nach allen Informationen - fest, wie ich sofort vermutete: Am Galgen gebrochene Halswirbel. Auch meine zweite Vermutung wurde bestätigt: Die Mumifizierung.
Und jetzt habe ich den Corpus wieder hier am Eis, unversehrt, als ob ich ihn nie aufgemacht hätte. Auf unerklärliche Art hierhergebracht, obwohl ihn der Wagen in die Stadt ins Gerichtsmedizinische geführt hatte.
Ich warte jetzt auf eine Anweisung von Professor Filipowitsch oder Chefinspektor Lehmann oder sonst einer mehr oder weniger kompetenten Stelle..." Unbehaglich hob er die Schultern.
"Glücklicherweise habe ich selbst mit dem Freiherrn von Wittnow nichts zu tun gehabt, diese Aufgabe hat unser Herr Pastor gelöst - zur Zufriedenheit aller Beteiligten, wie ich annehmen darf. Das ist eine Angelegenheit, die sie nur mit dem Kirchenmann besprechen

können.
Wenn sie den Untoten Chevalier de Malmarchais sehen wollen, den kann ich ihnen zeigen. Fotografieren können sie ihn nicht, wie die Bilder hier, die ich selbst gemacht habe, beweisen."
Der Reporter ersuchte, in die Prosektur geführt zu werden, zu sehr interessierte ihn der persönliche Anblick des rätselhaften Leichnams.
Doktor Löwenstein geleitete seinen Gast in die auch hier im Keller befindlichen Räume, während er Schurig erklärte, daß im Augenblick kein anderer Fall da wäre - ein Beweis für die Qualität der Ärzte und Schwestern!
War der Besucher insgeheim auf irgendein außergewöhnliches Geschehen gespannt gewesen, so wurde er enttäuscht. Er sah einen Mann, nackt und ohne jede Besonderheit, ausgenommen den in unnatürlichem Winkel abstehenden Kopf und einige Narben.
Sebastian Schurig dankte dem Doktor Löwenstein für das ausführliche Gespräch und verabschiedete sich.
Über zwei Stunden hatte er in der Klinik zugebracht, eine knappe Dreiviertelstunde blieb ihm noch bis zum Besuch bei dem Pastor. Er schlenderte durch die Straßen, machte Aufnahmen von dem Spital und von der Kirche. Mit solchen Illustrationen gedachte er seine Serie zusätzlich anzureichern.
Kurz vor elf Uhr klingelte er an der Türe des Pfarrhauses.
Pastor Nimetz öffnete selbst und begrüßte den Besucher, bat ihn weiter in sein Arbeitszimmer. Dort bot er ihm Platz an und sagte lächelnd: "Wir hatten schon einmal das Vergnügen, wenn auch in einer recht ernsten Sache. Die ist glücklich ausgegangen - was führt sie heute zu mir?"
Wieder legte Schurig die Karten auf den Tisch und erzählte dem Pastor von den allerletzten Ereignissen, aber er bat auch um Rat und Hilfe in der Angelegenheit Marthe Pehaim.
Der geistliche Herr dachte nicht lange nach, er erklärte sich bereit, eine nachträgliche Aussegnung an jenem Orte vorzunehmen, wo die Ärmste verbrannt und in

menschlicher Dummheit und inquisitorischer Verbohrtheit auch noch verflucht worden war.
"Ich stelle mir vor, in der Kapelle eine schlichte Schilderung dieser unmenschlichen Vorgangsweise zu geben und dabei die Hintergründe zu erhellen. Dann wollen wir gemeinsam für alle jene beten, die ein gleiches oder auch nur ein ähnliches Schicksal erlitten haben. Anschließend gehen wir zu der Stelle, wo die Verbrennung stattgefunden haben soll und ich will Gottes Segen für das Opfer erflehen. Mein Glaube gebietet mir das und ich fühle, das Richtige zu tun. Sie dürfen auf mich zählen, Herr Schurig."
Gebet und Segen sollten gleich nach dem Gottesdienst in Obersteinhausen stattfinden, die Gemeinde zur Teilnahme aufgefordert werden.
Dann lenkte Schurig das Gespräch auf den Franzosen und erzählte dem Pastor ausführlich von allen Umständen, die durch diesen hervorgerufen worden waren.
Sofort hatte Pastor Nimetz den wesentlichen Punkt erfaßt, als er einwarf: "In welchem Zusammenhange steht der Austausch des Chevaliers gegen die Amme? Doch augenscheinlich nur, um uns auf diese aufmerksam zu machen!"
"Das ist wahrscheinlich der Fall," ergänzte der Reporter: "denn ohne ein solches spektakuläres Ereignis wäre die Geschichte von der Amme ein Märchen geblieben. Ich frage mich aber, warum gerade nur in diesem Falle? Die Inquisition hat doch tausende solcher Verbrechen im Namen Gottes oder auch in Christi Namen begangen! Niemals aber habe ich Ähnliches vernommen."
"Diese Frage kann ich nicht beantworten." sagte der Pastor. "Vielleicht hat es Hinweise gegeben, die nicht als solche verstanden worden sind? Vielleicht auch ist hier das räumliche Zusammentreffen der Drei wirksam geworden, ich weiß es wirklich nicht. Ich kann nur eines tun: Alle jene in unser Gebet und in meinen Segen einschließen. Unser Gott ist barmherzig und ein Gott der Liebe, auch wenn er spricht: Die Rache ist mein!
Gottes Liebe kann für begangene Untat eine furchtbare

Rache sein!"
"Damit wären wir beim Letzten, dem Chevalier." begann Schurig. "Der hat seine Strafe nach menschlicher Gerichtsbarkeit schon erhalten. Trotzdem weilt der Untote hier. Was könnte man da tun?"
Sinnend bewegte der Pastor das Haupt. "Hierauf möchte ich nicht unüberlegt antworten," entgegnete er, "aber ich werde um Erleuchtung beten und hoffen, daß mir das Richtige einfällt."
Er erhob sich nach einem Blick auf die Uhr und sagte zu Schurig: "Kommen sie, sie sollen heute unser Gast sein. Meine Frau wird bereits angerichtet haben." Und er öffnete die Türe mit den Worten: "Erlauben sie, daß ich vorangehe!"
Im Eßzimmer war der Tisch gedeckt. Der Reporter wurde Frau Nimetz vorgestellt, die ihn einlud, tüchtig zuzulangen. Es war ein einfaches Mahl, Hausmannskost, aber wohlschmeckend.
Nach dem Essen drehte sich das Gespräch um persönliche Dinge und ist hier nicht von Bedeutung.

10. Kapitel

Am Sonntag wanderten die neugierigen Obersteinhausener nach dem Gottesdienst mit dem Pastor zum Schloß auf dem Hartberg. Natürlich gingen auch Lieselotte und Sebastian mit, nur einige Alte und Fußmarode waren zurückgeblieben.
In einer der Gruppen, die sich unwillkürlich gebildet hatten, war auch der junge Reiser zu Wege. Lieselotte entdeckte ihn und erzählte ihrem Vetter von der alten Familienfehde und dem eigentlich lächerlichen Grund für diese. Der Bastel schüttelte verwundert den Kopf ob solcher Verbohrtheit und meinte fragend: "Und dein Vater und du? Was haltet ihr davon?"
"Der Vater schämt sich insgeheim, aber er bringt es nicht über sich, dem Jungen gegenüber den ersten Schritt zu tun. Ich halte es ja auch für eine Dummheit, aber als Mädchen kann wieder ich den Reiser nicht anreden!" Der Bastel sagte spontan: "Ich habe mit der Geschichte zwar nichts zu tun, aber als ein Schurig könnte ich versuchen, die Sache wieder ins Lot zu bringen! Nach der Aussegnung wird sich sicher eine Gelegenheit ergeben." Dann waren sie im Schloßhof angekommen.
Auch der Lehrer Sommer war da und bereit, eine Gruppe Touristen durch das Schloß zu führen. Er hatte die Leute darauf aufmerksam gemacht, daß sie heute Zeugen eines außerordentlichen Vorganges sein würden, mehr aber hatte er nicht verraten.
Er begrüßte den Pastor und sperrte die Kapelle auf. Allen voran trat der Priester ein, ging zum Altar und sprach ein stilles Gebet. Die Leute hatten sich ebenfalls hereingedrängt. Sie mußten stehen, da es die Kirchenstühle und Betbänke schon längst nicht mehr gab, dafür war mehr Platz und niemand mußte draußen bleiben.
Pastor Nimetz wendete sich jetzt an die Zuhörerschaft und begann seine Erzählung. Die Märe von der mitternächtlichen Erscheinung erwähnte er und leitete über zu dem Fund, die Lieselotte und Sebastian Schurig in den alten Dokumenten getan hatten.

Als der Name Schurig gefallen war, hatte Reiser hinübergeblickt. Lieselotte fühlte seinen Blick und stieß den Bastel an; der nickte dem Reiser zu. Der Bauer blicke den ihm Unbekannten fragend an, dann wandte er seine Aufmerksamkeit wieder den Ausführungen des Pastors zu.
Nimetz vermied es bewußt, von der Erscheinung der Amme in der Pathologie zu reden. Er verschwieg auch den Vorgang mit dem Oberstwachtmeister. Niemand sollte etwas davon an die Öffentlichkeit bringen, ehe der Reporter offiziell von der Schweigepflicht entbunden wurde.
Dann kam er auf die rein kirchliche Form zu sprechen, welche auszuüben sein Amt ihm vorschrieb. Er bat die Anwesenden, ihm zu folgen und mit ihm für die arme Seele zu beten. Die Gemeindemitglieder und die Schaulustigen schlossen sich an und unwillkürlich kamen die Schurigs und der Reiser nebeneinander zu stehen.
Der Pastor stand mit dem Rücken zur Kapelle, er schaute auf die Stelle, wo der Pfahl gestanden sein sollte. In einem weiten Halbkreis standen die Leute um ihn herum. Er begann: "Lasset uns gemeinsam beten für die Erlösung der Seele von Marthe Pehaim - aber gedenken wir auch all jener, die ein ebenso schweres Schicksal erleiden mußten, von denen wir aber keine Namen und nicht den Ort wissen, wo solches geschehen ist."
Eine ganz eigenartige Stimmung hatte sich unter den Anwesenden verbreitet, von schaulustig war keine Rede. Die Luft schien elektrisch aufgeladen zu sein, kein Blatt bewegte sich, kein Vogel sang, kein Insekt summte. Sogar jenes meist die Stille störende Husten und Räuspern unterblieb, als das Gebet begonnen wurde: "Vater unser, der du bist in dem Himmel..."
Laut und innig beteten alle mit, als ob diese Minuten sie ganz persönlich angingen. Als das Vaterunser verklungen war, trat der Priester vor und breitete seine Arme über die Richtstätte aus, als er den Segen sprach:
"Herr, Herr! In deine Hand empfehle ich die Seele unserer Schwester Marthe Pehaim! Kraft meines Amtes

segne ich sie im Namen des Vaters und des Sohnes und des Heiligen Geistes. Amen!"
Viele der Zuhörer hatten Tränen in den Augen, so ergriffen waren sie. Da ertönte unmittelbar über ihnen ein Schrei, heiser und doch hell und scharf, wie ein erlösendes Jauchzen.
Ein Adler hatte ihn ausgestoßen, der just in diesem Augenblick hoch über dem Schlosse flog.
Wenn die Leute sich später über dieses Zusammentreffen unterhielten, meinten viele von ihnen, nicht der Adler wäre es gewesen, sondern die erlöste Seele. Der seltene Vogel sei nur zufällig vorbeigeflogen!
Nachdem der Priester auch über die Anwesenden den Segen gesprochen hatte, war der außerordentliche sakrale Akt beendet und die Gemeindemitglieder trennten sich von den Touristen, der Lehrer setzte seine Fremdenführung fort. Pastor Nimetz stieg abwärts und die anderen folgten ihm. Unmittelbar neben Reiser ging Lieselotte und wie selbstverständlich stellte sie den Vetter Schurig und Reiser einander vor.
Die beiden Männer schauten sich in die Augen und reichten einander mit festem Druck die Hände. Sie hatten sofort aneinander Gefallen gefunden und der Reporter sagte zu dem Landwirt: "Von meiner Kusine hier weiß ich von dem uralten Zank - und der damalige Schurig war auch mein Großvater. Ich möchte mich in seinem Namen entschuldigen! Und ich möchte sie, Herr Reiser, zu einem Besuch beim Dreigrafenwirt einladen, damit auch der sich über die Beseitigung des alten Zankes freuen soll. Einverstanden?"
Lieselotte klatschte freudig in die Hände: "Das hat die alte Amme gefügt!" rief sie aus. Der Pastor hatte das Gespräch mitangehört und wandte sich um: "Nein, Lieselotte, der Himmel fügt beides: Die Erlösung der Seelen dort vom Fluch und hier vom Hader. Ich freue mich mit euch!"
Spontan redeten die Drei durcheinander: "Danke, Herr Pastor - es war die Freude, die uns die unbedachten Worte auf die Zunge gelegt hat!"
"Schon gut," sagte Nimetz: "Vertrauet, und euer Vertrauen wird mit Freude belohnt." Dann trennten sie

sich. Der Pastor ging zum Kirchlein, wo sein Wagen stand, Lieselotte und die beiden Männer traten in das Wirtshaus "Zu den 3 Grafen" ein.
Der Wirt machte große Augen, als der Reiser mit hereinkam. "Vater, schau, wir wollen uns vertragen! Der Bastel und der Hannes haben Freundschaft geschlossen!"
Reiser wendete sich zu dem Mädchen um: "Sie wissen, wie ich mit Vornamen heiße?"
Lieselotte errötete tief, dann sagte sie tapfer: "Hier kennt doch jeder jeden, deswegen weiß auch ich, daß sie Hannes heißen." Nun wandte der Bastel sich an den Wirt: "Onkel, gib auch du dem Herrn Reiser die Hand und begrabt das Kriegsbeil! Es ist doch ein kindischer Streit unserer Großväter gewesen. Deshalb sollen aber wir nicht in Unfrieden leben, wenn wir nichts gegeneinander haben!"
Der Wirt brummte: "So soll's sein! Nichts für ungut, Reiser!" und reichte dem die Hand, die jener kräftig schüttelte: "Freut mich, freut mich sehr, Herr Schurig!"
Dann setzten die drei jungen Leute sich an einen Tisch und der Wirt stellte einen Krug Wein und vier Gläser vor sie hin: "Auf unseren Frieden! Herr Reiser, bleiben sie heute hier zu Mittag. Lieselotte, kümmere dich gleich um die Küche!" Sie tranken sich zu, dann ging der Wirt zur Schank zurück, denn viele der Kirchengänger pflogen einen Schluck zu sich zu nehmen, ehe sie an den heimischen Mittagstisch zurückkehrten.
Die beiden jungen Männer hatten sich viel zu erzählen und merkten nicht die verwunderten Blicke der Gäste, welche sämtlich von dem Unfrieden wußten, der zwischen den Familien Schurig und Reiser geherrscht hatte. Viele von ihnen wußten kaum mehr, was der Grund dafür gewesen war.
Reiser und Schurig waren eifrig am Erzählen, jeder wollte die Lebensumstände des anderen erfahren. Die Zeit verflog und dann stand Lieselotte mit der Suppe vor den beiden. Noch während des Essens flogen Rede und Gegenrede her und hin. Auch der Wirt setzte sich ab und zu an ihren Tisch, wenn gerade kein Getränk verlangt wurde. Als das Kochen beendet war, kam auch Lieselotte wieder hinzu.

Bis weit in die Nachmittagsstunden gab es zu erzählen. Längst hatten die Männer sich mit Vornamen angesprochen, so auch das Mädchen und der Wirt erlaubte dem Reiser, ihn "Onkel Schurig" zu nennen.
Es blieb natürlich nicht aus, daß die Rede auch auf den Freiherrn von Wittnow kam und Bastel hörte, daß der Reiser den Baron als erster gesehen habe. Woher der Mann eigentlich gekommen sei, wollte der Reporter wissen.
"Für mich war es so, als ob er von Untersteinhausen gegangen käme. Ich habe am Traktor ein Gerät gewechselt, da stand er plötzlich bei mir und fragte nach dem Weg. Gleich darauf war er wieder weg. Mehr weiß ich auch nicht zu sagen."
Wiederum machte Sebastian sich Notizen, die Bündel seiner Zettel und vollgeschriebenen Blöcke wurden dicker und dicker. Dieser Sonntag war sein letzter Urlaubstag für heuer, morgen ging der Routinebetrieb wieder an. Morgen würde er auch den Chefinspektor Lehmann anrufen und um Freigabe seines Materials ersuchen. Als nächstes hatte er vor, sein Anliegen dem Chefredakteur vorzutragen, die Zeitung möge seine gesammelten Berichte als Serie mit Fotobelegen in Fortsetzungen zu bringen. Auch einen Titel hatte er endlich parat: DIE UNTOTEN VOM HARTBERGE.
Hannes Reiser hatte sich schließlich verabschiedet und auch bei dem Onkel Schurig für die Einladung bedankt. An Sonn- und Feiertagen wolle er sich gerne wieder einfinden. Jetzt aber warte die Arbeit auf ihn, ein Bauer hat immer eine, sei es im Stall oder im Haus, in der Scheune oder an der Vorbereitung für den nächsten Tag.
Langsam kamen wieder Gäste in das Lokal, Lieselotte war mit Geschirrabwaschen beschäftigt und Sebastian Schurig brachte sein Gepäck herunter. Heute noch mußte er zur Station von Untersteinhausen, jetzt bekam er den Autobus.
Er verabschiedete und bedankte sich, schüttelte dem Onkel die Hand, umarmte seine Kusine und ging hinaus zur Haltestelle, welche sich unmittelbar vor dem Hause des Dreigrafenwirtes befand.

Eine Stunde später rollte ein Eisenbahnzug in Richtung Hauptstadt.

11. Kapitel

Der Wochenbeginn nach einem Urlaub bedeutet allemal den sofortigen Verbrauch der in süßem Nichtstun gespeicherten körperlichen, geistigen und seelischen Reserven.
Von der Kollegenschaft liegengelassene Rückstände ("Da weiß nur der N.N. Bescheid") müssen aufgearbeitet werden, Terminknappheit droht ("Der Chef hat schon ein paarmal danach gefragt").
Vorhanden gewesene Unterlagen sind verschwunden und müssen ausgeforscht werden ("Die dürften in der Buchhaltung sein - genau wissen wir es auch nicht") und werden als irrtümlich abgelegt in der Registratur gefunden - natürlich nicht dort, wo sie logischerweise hingehört hätten ...
Sebastian Schurigs Redaktionsschreibtisch war da keine Ausnahme. Als sein Urlaub begonnen hatte, war seine Schreibfläche leer, säuberlich geordnet Ablagekörbchen, Stempelhalter und Schreibzeug.
Nun war das Körbchen EINGANG voll ungeordneter Papiere, Notizzettel, Briefe, Zeitungsausschnitte. Zwei "verliehene" Stempel mußten gesucht werden, Kugelschreiber in allen Farben: Blau, schwarz, rot, grün, waren fort und Schurig mußte sie sich in der Materialausgabe neu besorgen. Das war aber noch nicht alles.
Neugierige und auch ihrerseits Urlaubserlebnisse erzählenwollende Kolleginnen und Kollegen hinderten ihn nach besten Kräften an einem schleunigen Arbeitsbeginn. Erst als er bat: "Wartet doch mit euren Fragen, bis ich das Dringendste aufgearbeitet habe!", zogen die anderen sich beleidigt zurück.
Das aber war noch nach jedem Urlaub so gewesen und kostete den Rückkehrer nicht viel Substanz. Der Ärger im Bauch fachte seinen Arbeitseifer an und ein Schriftstück nach dem andreren wanderte in das Körbchen AUSGANG, versehen mit entsprechenden Kommentaren und Zielangaben.
Zurück blieben einige, die den Vermerk "Rücksprache Chef" trugen. Die kamen in einen besonderen Umschlag mit diagonalem, gelbem Streifen.

Natürlich hatte der Reporter seine Rückkehr bereits am Morgen dem Chef und der Personalabteilung gemeldet. Jetzt frug er am Haustelefon die Sekretärin, ob der Chefredakteur für ihn Zeit habe.
"Wie lange denn?" Schurig sagte: "Na, mindestens eine Stunde - Also gut, ich werde versuchen, das Wichtigste zuerst - natürlich! Dann kann der Chef immer noch selber bestimmen - Nein, nein, das ist keine Spitze gegen sie, Frau Bönisch! Natürlich, der Terminkalender geht über, das ist bekannt - Freilich, eine so tüchtige Sekretärin kriegt das allemal noch hin! Der Tag müßte mindestens dreißig Stunden zu hundert Minuten haben, dann könnte man sogar drei Stunden schlafen. Ja, essen muß man sowieso schon im Stehen! - Also gut, fünfzehn Uhr, pünktlich, ich weiß das zu schätzen. Danke, Frau Bönisch, auf Wiederhören!"
Wie verabredet, fand sich Schurig fünf Minuten vor der Zeit bei der Sekretärin ein. "Ach, da ist noch etwas," sagte sie und kramte eine Telefonnotiz hervor: "sie sollen den Oberinspektor Rader anrufen. Seine Telefonnummer und Durchwahl habe ich hier notiert."
"Oh, danke sehr!" rief der Reporter. "Eben das wollte ich nachher tun; es gehört zu meinem Vortrag beim Chef!" Frau Bönisch wollte eben noch darauf aufmerksam machen, daß er seine Zeit nicht überschreiten möge, da erklang aus der Gegensprechanlage die Stimme des Chefredakteurs: "Ist der Herr Schurig da?" - "Ja, Chef, er ist hier!" - "Soll hereinkommen!"
Sebastian grinste die Sekretärin an und beeilte sich, die gepolsterte Tür des Allerheiligsten hinter sich zu schließen. Als er vor dem Schreibtisch seines Vorgesetzten stand, forderte der ihn zum Sitzen auf und horchte auf die knappen Berichte, die Schurig zu den Schriftstücken mit dem Rücksprachevermerk abgab.
Eine starke halbe Stunde war vergangen, bis der Reporter alle Fragen beantwortet hatte, die gestellt worden waren. Dann fragte der Chefredakteur: "Gibt's sonst noch etwas neues? Sie sind ja den ersten Tag zurück - wird wohl kaum der Fall sein, wie?" Doch da antwortete Schurig, tief durchatmend:
"Ich bin da an eine Geschichte geraten, die sie mir

kaum glauben würden, wenn ich sie nicht Punkt für Punkt beweisen könnte. Glauben sie an die sogenannten Untoten?" Kopfschüttelnd entgegnete der Chefredakteur: "Selbstverständlich nicht! Das sind Geschichten für Schundromane, ich aber bin durch und durch Realist!"
"Das ist gut, Herr Pollak, das ist sehr gut! Denn als Realist werden sie meine Beweise zu würdigen wissen. Lebendige Zeugen, wie Beamte der Mordkommission und ein Hochschulprofessor mit seinem Assistenten, beeidete Gerichtssachverständige, Berichte der Gendarmerie, Fotos und konkrete Angaben anderer Beteiligter einschließlich meiner Person und eines Pastors, werden meine Geschichte untermauern. Bevor ich aber über Einzelheiten spreche, muß ich den Oberinspektor Rader von der hiesigen Mordkommission rückrufen. Das gehört auch zu diesem Report."
"Dann rufen sie doch gleich von meinem Apparat aus an, sie haben mich neugierig gemacht!" Und über die Sprechanlage sagte Pollak: "Frau Bönisch, haben sie Besucher vorgemerkt? - Aha, das ist gut. Ich habe mit Herrn Schurig doch länger zu reden. Nehmen sie bitte die nächsten Anrufe entgegen und versprechen sie Rückrufe für siebzehn Uhr oder später. Oder für morgen. - Ja, ich werde länger da sein, sie können nach Hause gehen. Also dann!"
Schurig rief beim Oberinspektor Rader an und der begrüßte ihn mit den Worten: "Na, sie Geisterjäger, heil wieder zurück? - Freut mich! - Was, sie haben auch eine Geschichte für mich? Das müssen sie mir ein andermal erzählen; jetzt habe ich eine Nachricht für sie: Also erstens, die Schweigepflicht ist aufgehoben. Zweitens, von Seiten der Staatsanwaltschaft kann kein Prozeß angestrengt werden. - Wie meinen sie? - Na klar, da kein Täter vor den Richter gestellt werden kann - von den Opfern schon gar nicht zu reden!
Das wäre doch absurd: Ein französisches Gespenst aus England als Mörder angeklagt, ein preußischer Geist aus dem Baltikum als Ankläger! Zweiter Prozeß: Eine Amme als Klägerin gegen einen Inquisitor! Da komme ich auf das eigentliche Thema zurück: Drittens, diese sogenannte Amme ist zuerst unversehrt aus der Eiskam-

mer gekommen - da waren sie ja noch hier, wenn auch nicht unmittelbar dabei. Beim zweiten Mal, als der Professor und sein Assistent die Autopsie allein unternehmen wollten, wurde sie mit schweren Brandwunden am ganzen Körper vorgefunden, beim dritten Mal war nur noch Asche vorhanden. Seit gestern ist auch diese verschwunden!"

Schurig hatte seinen Chef gleich durch Handzeichen aufgefodert, am Zweithörer mitzuhorchen. Pollak machte immer größere Augen, je länger das Gespräch dauerte. Seine Augenbrauen stiegen höher und höher, bis er die Stirne ganz in Dackelfalten gezogen hatte. Und als der Reporter dem Beamten antwortete: "Das weiß ich, Herr Oberinspektor! Gestern war die Himmelfahrt und ich war selbst dabei!" - da fiel dem Chefredakteur das Kinn herab und der Hörer aus der Hand.

"Was heißt das, sie waren dabei?" tönte die Stimme des Oberinspektors aus der Hörmuschel.

"Das gehört zu meiner Geschichte, die sie erst später hören wollen, verehrter Herr Rader! Und weil wir schon dabei sind, Herr Oberinspektor - was geschieht nun mit dem Chevalier?"

"Chevalier?" murmelte der Chefredakteur: "Was ist denn das schon wieder?" und er nahm neuerlich den Mithörer ans Ohr.

"Tja, Herr Schurig, dem Vernehmen nach ist sein unversehrter Körper zuletzt in der Prosektur des Spitals von Untersteinhausen gesehen worden. Und da mich die Geschichte nichts mehr angeht, müssen sie sich dort schon selbst nach dem lieben Untoten erkundigen. Ich wünsche ihnen dazu viel Vergnügen - und besuchen sie mich doch gelegentlich, auf Wiedersehen!" Fröhlich erwiderte der Reporter den Gruß.

Der Herr Chefredakteur Pollak hängte den Zweithörer an den Haken und dann rang er sich zu den Worten durch: "Jetzt verstehe ich gar nichts mehr. Gespenster, Geister, Untote. Chevalier, Amme, Inquisitor - sind sie, bin ich, ist der Oberinspektor noch normal? Ich bitte um ihre Erklärung - und wenn es noch so spät wird. Sie können sich Überstunden schreiben, aber nun will

ich wissen, was da los war. Erzählen sie mal der Reihe nach von ihren Abenteuern! Also?"
Und der Reporter Sebastian Schurig fing ganz von vorne an: Von der erstmaligen Auffindung eines unbekannten männlichen Leichnams mit gebrochenen Halswirbeln in dem Schloßgarten des langsam zur Ruine verfallenden Gebäudes auf dem Hartberge bei Obersteinhausen bis zur Erlösung der Marthe Pehaim; von dem Freiherrn Markus von Wittnow und der Ermordung des königlichen Oberstwachtmeisters durch den französischen Chevalier Lucien de Malmarchais, ehrlosem Offizier Napoléons und Marodeur, in England als Raubmörder gehängt.
Er schilderte die Wiederkehr des Barons als Untoter und dessen endgültige Heimkehr durch den kirchlichen Segen, dann sprach er noch von dem Familienzwist und Friedensschluß zwischen Reiser und den Schurigs, seinen Verwandten.
Aufmerksam hatte der Chefredakteur der Erzählung gelauscht. Als der Reporter mit seiner Geschichte zu Ende war, sagte Pollak beeindruckt:
"Wenn ein anderer als sie mir diese Story erzählt hätte, und wenn ich nicht Ohrenzeuge des Gesprächs mit dem Oberinspektor Rader gewesen wäre, hätte ich dem erstens nicht geglaubt, ihn zweitens für verrückt erklärt und drittens hinausgeschmissen. Und sie haben alle diese Beweise und Fotos?"
Schurig nickte und sagte: "Alles liegt drüben in meinem Schreibtisch, ausgenommen die Aufnahmen, welche behördlicherseits gemacht worden sind. Einen Teil meiner Notizen habe ich handschriftlich vorliegen, die muß ich erst abtippen - sie sind nicht für jedermann leserlich genug geschrieben.
Aber ich habe nun meinerseits eine Bitte an den Verlag: Ist die Sache interessant genug, daß wir sie als illustrierte Serie in Fortsetzungen in unserer Zeitung bringen könnten?"
Der Chefredakteur blickte auf seine Armbanduhr und sagte dann: "Junger Freund, morgen kommen sie mit mir in die Direktion. Dort tragen sie ihre Bitte vor, ich werde sie gerne unterstützen. Was ich gehört habe, genügt mir aber nicht: Ich vermisse eine Lösung des

Falles Chevalier de Malmarchais!"
"Daran kaue ich schon die ganze Zeit herum!" erwiderte Schurig. "Ich werde gleich morgen früh den Doktor Löwenstein anrufen, was jetzt mit dem - bleiben wir bei dem Ausdruck - Untoten geschehen wird. Wann soll ich mit ihnen zur Direktion kommen?"
"Na, ich werde versuchen, einen Termin für elf Uhr zu bekommen. Bis dahin werden sie sicher eine Anwort aus - wie heißt das Städtchen? - ja, Untersteinhausen haben. Und jetzt machen wir Schluß, es ist nur noch das Druckereipersonal im Hause. In zwei Stunden erscheint schon die Morgenausgabe! Herr Schurig, ich werde keine ruhige Nacht haben. Daran sind sie Schuld. Trotzdem: Gute Nacht für heute!"
"Gute Nacht, Chef, auf morgen dann!" Der Reporter verließ das Chefzimmer und ging hinüber in sein Büro. Dort saß er lange untätig und blickte auf seine Hände, die auf der Schreibtischplatte lagen. Schließlich stand er mit einem Seufzer auf, löschte das Licht und verließ das Haus.
Schon lange vor acht Uhr fand Schurig sich wieder in seinem Büro ein. Gleich am Morgen begann er, jene Notizen, die er nur handschriftlich gemacht hatte, in die Schreibmaschine zu tippen. Gegen zehn Uhr war er auch damit fertig und hatte alles leidlich in Ordnung gebracht.
Sicher würde er das gesammelte Material noch öfter als einmal umschreiben müssen, um den logischen Zusammenhang und einen flüssigen Stil hineinzubringen. Für den heutigen Vortrag in der Verlagsdirektion mußte es auch so reichen.
Dann rief er in dem Krankenhaus von Untersteinhausen an und ersuchte um Verbindung mit Doktor Löwenstein. Der Arzt war zu sprechen und als Schurig sich meldete, sagte er sofort: "Ah, mit ihrem Anruf habe ich gerechnet! Der Herr Kollege Filipowitsch hat den lästigen Besucher wieder in die Hauptstadt holen lassen. Ich bin ihn los, Gott sei Dank - und ich bin darüber recht froh. Dieser Sache war ich, ehrlich gesagt, nicht gewachsen!" Der Reporter wechselte mit dem Anatomen noch einige höfliche Worte und beendete das Gespräch.

Frau Bönisch rief um halb elf Uhr an: "Der Chef hat von der Direktion den Termin bewilligt bekommen. Kommen sie bitte in einer Viertelstunde mit allen ihren Unterlagen herüber. Sie sollen für Vortrag und Debatte eine Stunde Zeit erhalten."
Punkt elf Uhr betraten der Chefredakteur und sein Reporter den kleinen Konferenzraum. Sie begrüßten die Anwesenden: Die Direktionssekretärin, den Direktor für die kaufmännischen und den für die technischen Belange. Dann wurde Schurig zum Vortrag aufgefordert. Die Sekretärin schaltete ein Tonbandgerät ein und schnitt alle Ausführungen mit.
In möglichst komprimierter Form erstattete der Reporter seinen Bericht, nur manchmal unterbrochen von ungläubigem Gemurmel. Wieder schloß er mit der Bitte ab, sein gesammeltes Material als Erzählung, Roman oder Novelle in seiner Zeitung in Fortsetzungen zu veröffentlichen, die Fotos sollten die Geschichte illustrieren. Der Chefredakteur schloß sich dem Ersuchen Schurigs an.
Dann begann die eigentliche Debatte, Fragen wurden gestellt und beantwortet, einzelne Passagen - Gespräche mit den Augenzeugen - wiederholt. Schließlich meinte der kaufmännische Direktor: "Gut, Herr Schurig, reichen sie ihr Typoskript im Lektorat ein, bemühen sie sich, die Aufnahmen von der Polizei, Gendarmerie und den Ärzten zu erhalten, die sie noch nicht haben und klären sie so rasch wie möglich, wie es jetzt mit dem Franzosen weitergeht. Das Ende ihres Romanes soll dem Inhalt entsprechen, abrunden. Vielleicht bringen wir ihn sogar als Buch heraus. Danke, meine Herren, auf ein baldiges Wiedersehen!"
Auch der technische Direktor hatte zugestimmt, und als sie draußen waren, klopfte der Chef Schurig auf die Schulter:
"Gratuliere, Herr Kollege!" Und der entgegnete: "Danke, Chef!"

12. Kapitel

Nun begann für Schurig ein rastloses Treiben. Er hatte sich ein Sprichwort zum Motto gemacht:

"NIHIL FIT SINE CAUSA"

(Nichts geschieht ohne Ursache)

und in einer ruhigen Abendstunde in schöner Schrift hingemalt. Jetzt stand dieser Spruch gerahmt auf seinem Schreibtisch.

Zunächst hatte er jene Berichte für die Zeitung zu erstellen, die er als Reporter recherchieren mußte. Dazu gehörte auch, daß er einschläge Artikel ausländischer Zeitungen las und wenn nötig, glossierte. Manchmal sagte er bei sich: Gott sei Dank, daß ich keine Familie gegründet habe. Wenn er dabei an den Oberinspektor Rader dachte, mußte er sich fragen: Wie macht der das bloß? Und er kam zu dem Schluß, daß jener immerhin fast doppelt so alt war, wie er selbst.

Natürlich hatte er nichts dagegen, manchmal mit einem netten Mädchen auszugehen, aber keine von diesen konnte er sich als seine Frau für ein ganzes Leben lang vorstellen.

Bei dem Gedanken an den Oberinspektor fiel ihm ein, daß er Kopien der Bilder für seine Novelle brauchte. Als er zufällig in der Nähe des Polizeipräsidiums zu tun hatte, besuchte er den Beamten.

Rader begrüßte ihn herzlich und sagte: "Sie haben ihr Wort gehalten, das muß ich loben. Und jetzt erzählen sie mir, wie das war mit der Himmelfahrt!"

"Gerne, aber dafür müssen sie mir auch einen Gefallen tun!" erwiderte Schurig. "So, muß ich?" konterte der Oberinspektor sofort. "Naja, war doch nicht wörtlich gemeint!" sagte der Reporter: "Aber es gehört zu der ganzen Geschichte. Hören sie erst einmal zu, und wenn ich sie nachher um eine Gefälligkeit bitte, werden sie mir diese hoffentlich nicht abschlagen."

"Nun, das wird sein, wie es sein wird. Jetzt schießen sie mal los. Kürze - Würze!" und Rader lehnte sich in seinen Stuhl zurück. Er schlug die Hände über dem Bauch zusammen, was bei ihm ein Zeichen der höchsten Aufmerksamkeit war.

Sebastian Schurig spulte zum x-ten Male sein Garn herunter, wie auswendig gelernt. Das hatte allerdings den Vorteil, daß seiner Erzählung nichts fehlte, aber auch nichts hinzugefügt wurde - was einem ungeübten Erzähler nämlich leicht passieren kann, ohne daß der es merkt oder will!
Der Beamte hörte sich das an und sagte: "Also eine Geschichte, wie bei dem ermordeten Major - oder vielmehr Oberstwachtmeister. So ähnlich hat es in dem Gendarmeriebericht gelautet, nur die Zeiten und Orte sind nicht dieselben. Der Ausgangspunkt aber ist in allen Fällen das Schloß Hartstein-Eggberg."
Der Reporter bestätigte diese Meinung. Dann erzählte er von seiner Absicht, darüber zu schreiben und ersuchte Rader um Kopien jener Fotos, die der Oberinspektor von den Doktoren Meyerweck und Löwenstein, sowie vom Gendarmerieposten erhalten hatte.
Da aber wendete der Beamte ein: "Lieber Herr Schurig, ich möchte sie gerne bei ihrem Vorhaben unterstützen. Leider gibt es eine Dienstvorschrift, die es einem Polizeibeamten untersagt, Akten, Teile von Akten oder Auszüge daraus an Private weiterzugeben, das gilt ebenso für beigefügte Schriftstücke, Briefe, Faksimiles und natürlich Fotoaufnahmen, welche wie hier Beweiskraft haben.
Dabei ist es unerheblich, ob ein Fall anhängt oder abgeschlossen ist. Eine Bewilligung zur Veröffentlichung kann nur - nach Prüfung aller Umstände - durch das Ministerium erfolgen. Lediglich mit der Rechtsangelegenheit betraute Anwälte dürfen Einsicht nehmen, dazu müssen sie ihre Vollmacht vorweisen. Mitnehmen dürfen auch diese nichts. Sie sehen, ich bin nicht ungefällig, aber nur ein Rädchen in einer großen Maschine.
Als Beamter kann ich ihrem Wunsch also nicht nachkommen. Als Privatmann würde ich ihnen aber raten: Setzen sie sich mit Doktor Löwenstein in Verbindung. Dem wurden zu Vergleichszwecken die Bilder von Amts wegen zugeleitet, er müßte alle Aufnahmen, das heißt natürlich Kopien, besitzen.
Doktor Löwenstein ist keine Amtsperson, und nachdem auch ihm mitgeteilt wurde, daß die Verfahren einge-

stellt sind, kann er nach Belieben verfügen. Seine Schweigepflicht als Arzt gilt für diesen Fall auch nicht, denn es sind keine Krankengeschichten im Sinne der Gesetze oder Vorschriften."
Er stand auf und reichte Schurig die Hand hin: "Ich hoffe, sie haben Verständnis für meine amtliche Verpflichtung. Aber ich weiß, daß sie mit dem Doktor guten Kontakt haben. Wenn ihr Material an die Öffentlichkeit kommt, kann ich mit gutem Gewissen sagen: von mir hat es der Autor jedenfalls nicht!"
Das sah der Zeitungsmann ein. Er dankte dem Oberinspektor für seinen Tip und verabschiedete sich. Rader rief ihm unter der Türe noch nach: "Und wenn ihr Buch herauskommt, bekomme ich ein Exemplar, ja?" Das sagte Schurig zu: "Klar, Herr Ober!"
Im Presseverlag angekommen, gab er zunächst die aktuellen Reporte in der Redaktion ab, dann rief er das Spital von Untersteinhausen an und verlangte den Doktor Löwenstein. Der war aber nicht im Hause. Ob man zurückrufen könne? "Nein, nein, das ist erstens nicht so wichtig, zweitens bin ich selbst meistens außer Haus. Wann ist der Herr Doktor mit Sicherheit anzutreffen?"
Die Stimme am Telefon sagte: "Am besten um acht Uhr am Morgen." Der Reporter lachte: "Ich weiß schon, beim Espresso! Gut, danke schön, ich werde morgen früh anrufen, auf Wiederhören!"
Am anderen Morgen klemmte Schurig sich gleich ans Telefon und wurde mit dem Arzt verbunden. Er nahm Bezug auf den Hinweis Raders und ersuchte um die Bilder aus den Fällen Pehaim/Wittnow/Malmarchais.
"Oh, Herr Schurig, gerne, aber ich verfüge nur über je einen Abzug! Diese Fotos gehören nicht mir persönlich, sondern dem Krankenhaus."
"Herr Doktor, sie kennen mich schon ein wenig und ich hoffe, sie haben eine gute Meinung von mir. Wenn sie mir die Aufnahmen leihen, lasse ich sogenannte Bild-vom-Bild-Abzüge machen und sie erhalten ihre Fotos ehrenwörtlich von mir zurück!"
Dagegen hatte Doktor Löwenstein nichts einzuwenden, nur wollte er die Bilder nicht per Post schicken. Selbst wenn er per Einschreiben sandte oder als Eilpost, die

Bestätigung hätte er wohl in der Hand - aber wenn der Empfänger behaupten möchte, in dem von ihm geschlossenen übernommenen Kuvert hätten sich nur Papierschnitzel befunden, war kein Gegenbeweis zu führen. "Aber lieber Doktor Löwenstein, warum sollte ich das denn tun?" Der gab kühl zurück: "Es sind schon Gespenster von England auf den Hartberg geflogen, ich halte nichts mehr für unmöglich!"
Da sagte Schurig: "Ich komme morgen nachmittags nach Untersteinhausen, bitte halten sie sie bereit. Das Wochenende kann ich sehr gut bei meinem Onkel verbringen, am Montag werden die Abzüge gemacht und Dienstag abends bringe ich ihnen ihre Bilder persönlich wieder!"
Damit zeigte der Mediziner sich einverstanden und so geschah es, daß Schurig sich am Freitagnachmittag in dem Spital einfand, wo ihn ein höchst aufgeregter Doktor Löwenstein erwartete: "Haben sie noch keine Nachricht vom Kollegen Filipowitsch erhalten?"
Der Reporter verneinte: "Mit dem Herrn Professor habe ich fast keinen Kontakt. Ein einziges Mal habe ich ihn persönlich gesprochen, als die Vertauschung mit der Amme passiert ist. Und auch da hat er mich nur an seinen Assistenten weitergereicht, der uns die Sache weisgemacht hat von der Verwechslung der Namen Lucien und Lucia. Bei dieser Gelegenheit ist dem Doktor Meyerweck auch unbeabsichtigt die Bemerkung von dem englischen Zeitungsartikel herausgerutscht. Vermutlich hat der sich über die Story so Gedanken gemacht, daß er nicht daran gedacht hat, ein Zeitungsmensch stünde ihm gegenüber. Jedenfalls hat er nur mir gegenüber die Andeutung gemacht und keinem meiner Kollegen von einem anderen Blatt. Ich bin mir da nicht so sicher, ob die dichtgehalten hätten!"
"Soso, also da wissen sie noch gar nicht, daß der Chevalier wieder einmal verschwunden ist? Das Gerichtsmedizinische Institut hat die Leiche zum zweiten Mal von mir angefordert, um die erbetene Kontrolluntersuchung endlich durchführen zu können. Sie wurde hier abgeholt und ordnungsgemäß dort von einem gewissen Herrn Spacek übernommen.

Als die Autopsie beginnen sollte, war die Eiskammer leer und der Spacek hat einen Nervenzusammenbruch erlitten. Kollege Meyerweck hat allen Ernstes hier angerufen, ob sich der Franzose vielleicht wieder hierher verzogen habe. Ich habe ihn am Telefon warten lassen und nachgesehen: Hier ist er jedenfalls nicht!"
Schurig wiegte den Kopf und meinte dann: "Nach meinen bisherigen Erfahrungen gibt es in der Tat zwei Möglichkeiten. Entweder findet sich die Leiche zum dritten Male im Schloßhof - wir haben ein Wochenende vor uns und immer an einem solchen wurde sie dort oben gefunden. Oder der Franzose ist zu seinem Grab in England zurückgekehrt."
Der Arzt stimmte bei: "Sie mögen mit ihren Vermutungen recht haben. Mich wundert in dieser Sache gar nichts mehr. Aber eine persönliche Bitte hätte ich doch noch an sie: Wenn sie nämlich am Sonntagmorgen den Schloßgarten besuchen und mir versichern könnten, daß der Chevalier sich dort nicht findet, wäre mir das schon eine große Beruhigung. Langsam habe ich die Geschichte nämlich bis hierher!" und er deutete an, was er unter "hierher" meinte, indem er die Hand bis über die Augenbrauen hob.
Natürlich versprach Schurig, ihm Nachricht zu geben, nahm die Bilder und verabschiedete sich.
Also wieder einmal hatte der Chevalier sich "französisch empfohlen" - nie hatte das Sprichwort besser gepaßt!
Sebastian Schurig war diesmal mit seinem Wagen gekommen, den er auf dem Parkplatz vor der Klinik abgestellt hatte. Freitag war kein Besuchstag, da war es dort halb leer; die Fahrzeuge, welche hier parkten, waren wahrscheinlich zum größten Teil Autos des Personals.
Er stieg ein und fuhr nach Obersteinhausen, wo er vom Onkel und der Base herzlich willkommen geheißen wurde. Nach Neuigkeiten befragt, erzählte der Bastel, was er vor nicht ganz einer halben Stunde erfahren hatte. Daß er die Bilder bei sich trug, verriet er vorsichtshalber nicht.
Die Kusine bat sofort, mit aufs Schloß gehen zu dürfen

und der Dreigrafenwirt gab dazu seine Erlaubnis. Am Abend kehrten zwei jetzt dienstfreie Gendarmen ein, die den Reporter von ihren Amtshandlungen her kannten und er wurde nach allen Richtungen hin ausgefragt. Gutmütig erzählte er vom Stand der Dinge, aber doch wieder nur so viel, als er meinte, wirklich ohne üble Folgen - das hieß, neue Tratschereien - mitteilen zu können.

Am Sonnabendvormittag streifte der Bastel durch den Wald am Hartberge. Außer ein paar Pilzen fand er nichts Aufregendes, und da er sich bei den Schwämmen nicht auskannte, ließ er sie als eventuelles Mahl für Schwarz- und Rotwild stehen: Soviel wußte er doch. Nach einer kurzen, ergebnislosen Inspektion des Schloßgartens kehrte er hungrig in das Gasthaus zurück.

Nach Tisch faßte er den Entschluß, den Hannes Reiser auf seinem Gehöft zu besuchen. Das lag in der Umgebung von Untersteinhausen. Der Großvater Reiser hatte im Städtchen gewohnt, dort wo die Sache mit dem Nußbaum geschehen war. Hannes' Vater, der jüngere von zwei Söhnen, hatte eine Bauerstochter geheiratet und das Gut übernommen, als der Schwiegervater gestorben war. Vater und Mutter Reiser bewirtschafteten gemeinsam mit Hannes den Hof und an die sechzig Morgen Acker- und Weideland.* Von Hannes war daheim schon vom beigelegten Zank berichtet worden, was seine Eltern beifällig aufgenommen hatten. Als Schurig jetzt zu Besuch kam, wurde er daher willkommen geheißen und gleich zum Abendessen eingeladen. Dann wurde ein Krug Obstwein und ein Glas vor den Gast hingestellt, das war Landesbrauch. Als der Bastel, wie er auch hier schon genannt wurde, sich erfrischt hatte, führte man ihn mit Stolz durch das Anwesen.

Vater Reiser zeigte ihm die Sauen mit ihren Ferkeln und den "Pascha", einen riesigen Eber. Dann führte er ihn in den Rinderstall mit prächtigen Kühen und einigen Kälbern.

*(Zirka 18 Hektar; 1 Morgen - je nach Landschaft - sind 25-35 Ar. In anderen Landesteilen wird die Fläche nach Joch bemessen; 1 Joch = 57 Ar oder rund 2 Morgen.)

Selbst einen Stier zu halten, erklärte der Landwirt, lohnte sich nicht, der war doch nur ein unnützer Fresser. Dafür gab es den "Gemeindestier", dem man die Kalbinnen zuführte und gegen eine festgesetzte Gebühr decken ließ.
In großen Scheunen waren Vorräte gelagert, in einer Remise standen die Fahrzeuge und Maschinen. Bastel lobte die Ordnung und Sauberkeit und Vater Reiser schmunzelte: "Ja, der Hannes schaut da drauf, der ist schon ein Tüchtiger!"
Nach einer kleinen Jause zeigte die Bäuerin ihre Hühner und Kaninchen und den Stolz des Hühnerhofes, einen prächtigen Pfau.
Nach dem Abendessen mußte dann der Bastel von sich und seinem Beruf erzählen, auch vom Leben in der Hauptstadt, und es wurde recht spät.
Die Familie Reiser sagte zu, nach dem Kirchgang bei den "3 Grafen" einzukehren, um den endlichen Frieden bei einem Trunk zu besiegeln.
Am Sonntagvormittag hatte Schurig bei dem Lehrer Sommer vorgesprochen, der auch heute Führungen durchführen wollte - vorausgesetzt, es kämen noch interessierte Touristen. Immerhin war es Anfang September geworden, die Urlauber an ihre Arbeitsplätze zurückgekehrt. Sommer war bereit, zum Schloß hinaufzugehen, Bastel und Lieselotte begleiteten ihn.
Eine kleine Gruppe wartete beim Kassenhäuschen, Mitglieder eines Seniorenvereines mit einigen Enkelkindern und ihrem Obmann. Die Führung ging ohne Störung und Zwischenfälle vor sich und als die Besucher wieder das Schloß verließen, wartete niemand mehr. Da machte auch der Lehrer Schluß, zusammen stiegen die beiden Männer und das Mädchen nach Obersteinhausen hinab.
Herr Sommer erzählte dem Reporter, daß er von dem Grafen Eckberg aus Lausanne Post erhalten habe. Der hatte sein Einverständnis zu der Einschau in die alten Papiere gegeben und in einem Nachsatze vermerkt, daß er selber mit seiner Familie nach Obersteinhausen kommen wolle, um sich an Ort und Stelle von ihm, dem Lehrer und Fremdenführer, von den Ereignissen berichten zu lassen, denn daß er nicht an Gespenster

oder Erscheinungen glaube, wäre sicher. "Na, der wird sich wundern, wenn er von den Gendarmen und dem Doktor, sowie von dem Pastor bestätigt bekommt, was er mir nicht glaubt!" sagte Sommer und Schurigs stimmten bei.
Sommer wollte am Nachmittag noch einmal heraufschauen, denn die Führungen fanden zu festgesetzten Zeiten statt. Jetzt schlug er den Heimweg ein, der Bastel und seine Kusine gingen zu den 3 Grafen, wo man die Familie Reiser schon vorfand.
Der Onkel Schurig und Dreigrafenwirt hatte auch diese für heute zum Essen eingeladen und Lieselotte half tüchtig in der Küche mit. Rosel, die alte Köchin, kam immer nur an den Wochenenden vormittags; unter der Woche wurde kalt serviert, ausgenommen heiße Würstchen oder Gulasch.
Heute aber gab es einen Bauernschmaus: Fleisch von dem Schweinebraten und Geselchtem, auf Sauerkraut angerichtet und mit einem Semmelknödel - auf Wunsch auch zwei.
Da auch die Pensionisten eingekehrt waren, konnten diese wählen zwischen gebratenem Schweinefleisch, Geräuchertem, dem immer vorhandenen Gulasch und verschiedenen Beilagen und Salaten.
So herrschte allgemein Zufriedenheit, wie der Wirt schmunzelnd feststellen durfte.
Der Herr Lehrer Sommer war pflichtgemäß am Nachmittag den Hartberg hinangestiegen und hatte auch eine Dreiviertelstunde gewartet. Dann aber hatte es zu nieseln begonnen und so kehrte er auch auf einen Trunk hier im Gasthof ein. Er mußte sich zu den Familien Reiser und Schurig setzen, ein eifriges Gespräch kam zustande.
Die Senioren hatten das Lokal schon verlassen und so war man unter sich.

13. Kapitel

Viel zu schnell war das Wochenende vergangen und Sebastian Schurig bereitete sich auf seine nächsten banalen Alltagsarbeiten vor. Zunächst aber hatte er sich die Zeitungen vorgenommen, in- und ausländische, soweit er jene vermittels eigener Sprachkenntnisse lesen konnte.
Immerhin verstand er Englisch und Französisch und sprach beides auch fließend - Spanisch und Italienisch konnte er hinreichend lesen und nur gelegentlich mußte er im Wörterbuch blättern, wenn ein seltener Ausdruck oder eine ihm nicht bekannte Redewendung ihn bremste. In der Redaktion gab es für solche Fälle eine gut sortierte Auswahl an Fachbüchern.
Als besonders katastrophal empfand er die Un-Wörter in Politikerreden oder Sprachungeheuer, welche anläßlich von Demonstrationen aufschienen...
Er wischte diese Gedanken fort und machte sich gelegentlich Randbemerkungen oder Notizen auf seinem Schreibblock.
Soeben legte er den durchgeackerten Zeitungsstoß zur Seite, als das Telefon schnarrte. Er hob ab und meldete sich, am anderen Ende der Leitung piepste die ihm schon bekannte Stimme der Dame in der Vermittlung der Polizeidirektion: "Ich verbinde mit Oberinspektor Rader!"
Gleich darauf knackste es in der Leitung und Rader meldete sich: "Guten Tag, Herr Schurig. Sie brauchen mir nicht zu berichten, daß sie ein ruhiges Wochenende verbracht und keine Leiche gefunden haben. Herr Professor Filipowitsch hat das Verschwinden des Chevaliers jetzt schriftlich bestätigt, unterschrieben auch von Doktor Meyerweck und Herrn Spacek. Soviel ich gehört habe, ist auch der Doktor Löwenstein benachrichtigt worden und, da sie bei dem waren, haben sie es auch dort erfahren, ich nehme das zumindest an.
Das aber ist jetzt schon Nebensache. Soeben erhalte ich ein Telex der Grafschaftspolizei von Wiltshire mit der Anfrage, ob der Corpus des Chevaliers noch bei unserer Gerichtsmedizin liegt. Der Grund hierfür ist

folgender: die Grube am Gallow-Hill war zugeschüttet worden, damit niemand mehr hineinstürzen sollte. Diese Stelle hatte ausgesehen wie ein frischer Grabhügel, gewölbt und unbepflanzt.
An dem vergangenen Freitag, als die Schafe wie täglich auf die Weide getrieben wurden, zeigte sich zum Erstaunen des Hirten, daß die grasige Matte dort wie vordem aussieht; also keine Spur von einem Grabhügel, dafür gleichmäßiger Grasbewuchs - als ob es niemals die Grabstelle gegeben hätte.
Das erzählte er dem Farmer und dessen Frau, welche daraufhin bei der Polizei anrief und den Sergeanten vom Dienst, eben Whatstone, erreichte. Dieser wieder verständigte den Dean Korby, und so suchten sie zu fünft - der Schäfer führte sie - die Stelle auf und fanden sie so vor, wie zuvor geschildert.
Ich habe den Professor telefonisch verständigt, er ist gleich mir der Meinung, daß für uns der Fall abgeschlossen sei. Das habe ich vorhin dem Kollegen nach England schreiben lassen.
Daß ich sie anrufe, erklärt sich durch ihr besonderes Interesse als Beteiligter und, wie ich weiß, jetzt auch als Autor."
Schurig hatte sein Tonbandgerät zugeschaltet, sobald er gehört hatte, worum es ging. Nun sagte er: "Schönen Dank, Herr Oberinspektor. Ich habe unser Gespräch auf Band aufgenommen, sind sie einverstanden? Wenn nicht, werde ich es löschen - Ehrenwort!"
"Nein, nein, was ich gesagt habe, ist keine unerlaubte Mitteilung! Erstens hätte ich dienstlich gar keine gemacht, zweitens weiß mein Chef davon. Es ist ein rein privates Gespräch gewesen, auch wenn es über das Diensttelefon lief - und nun machen sie damit, was sie glauben. Wiedersehen!"
"Danke schön, auf Wiederhören!" rief Schurig noch ins Mikrofon. Dann schnappte er sich das Tonbandgerät und ging damit zum Chefredakteur.
Frau Bönisch meldete den Reporter an und Pollak sagte nur: "Herein mit ihm!" Als die beiden Herren knappe Grußworte gewechselt hatten, spielte Schurig dem Chef das Band vor.

Als das Gespräch abgelaufen war, nahm Herr Pollak seine Lieblingsstellung ein und faltete gewohnheitsmäßig die Hände über dem Bauch. Er schaute den Reporter über seine Brillenränder hinweg an. Nachdem er eine Weile überlegt hatte, sprach er: "Was liegt bei ihnen zur Zeit an?" Schurig zählte einige Ermittlungen auf und erwähnte die heute von ihm gemachten Notizen.
"Frau Bönisch, bitten sie den Herrn Mathae zu mir!" rief der Chefredakteur in die Gegensprechanlage. "Ja, Chef!" Der hörte die Antwort schon nicht mehr, er hatte die Taste bereits losgelassen.
Nachdenklich und wortlos starrte Pollak vor sich hin, Schurig wagte nicht, ihn zu stören. Da klopfte es an der Tür und Mathae trat ein: "Guten Tag! Sie haben mich gerufen, Chef?"
"Ja. Setzen sie sich hin und hören sie zu." sagte der Chefredakteur. "Herr Schurig muß dienstlich nach England. Er übergibt ihnen seine laufenden Recherchen und wird ihnen diesbezügliche Fragen beantworten. Kollege Schurig, sie melden sich anschließend bei Frau Bönisch. Danke, meine Herren!"
Die Beiden grüßten und gingen in das Büro, welches sie sich gelegentlich teilten, wenn beide im Hause waren. Schurig zeigte dem Kollegen, was er zu tun hatte und gab ihm auch die Schreibtischschlüssel. "Da unten in dem Fach habe ich private Aufzeichnungen, aber sie sind kein Geheimnis. Du brauchst sie nicht wegzusperren, übrigens kennt auch unser Chef die Geschichte. Falls irgendetwas dazwischenkommen sollte, übergib das Material ihm, bitte!"
Mathae erwiderte erstaunt: "Sebastian, was ist mir dir? Was soll passieren? Du redest, als ob du dein Testament machen wolltest!"
"Ach, nimm es nicht so tragisch, Ralph!" entgegnete der: "Ich habe nur daran gedacht, daß in der letzten Zeit fast jede Woche ein Flugzeug abgestürzt, ein Fährschiff gesunken oder ein Zugsunglück passiert ist. Und am gefährlichsten sind die Betten!"
Der Kollege sah Schurig verunsichert an: "Wie kommst du darauf? Im Bett kann dir doch am wenigsten passieren!" Ein spöttisches Lächeln umspielte die Züge des

Reporters: "Und doch ist es so. Die meisten Leute sterben im Bett!"
"Ach geh mit deinen blöden Sprüchen!" sagte Mathae: "Also alles klar; ich weiß schon, wo's langgeht. Und jetzt sieh zu, daß du zu der Tigerin kommst!" So wurde Frau Bönisch in Kollegenkreisen genannt. Sie wußte das, machte sich aber nichts daraus.
Die Chefsekretärin hatte wieder einmal mehr ihrem Ruf als Spitzenkraft Ehre gemacht. Als Schurig bei ihr eintrat, reichte sie ihm einen Bogen Papier mit den Worten: "Da habe ich ihnen alles aufgeschrieben. Sie fliegen mit der "Quantas" morgen früh um sieben Uhr von hier weg, ihre Tickets erhalten sie am Schalter in der Abfertigungshalle. Nach der Landung in Heathrow bringt sie der Zubringerbus zum Air-Terminal Cromwell-Road. Dort nehmen sie am besten ein Taxi und fahren zur Victoria-Station. Von diesem Bahnhof fahren sie nach Wilton; in Salisbury müssen sie umsteigen.
In Wilton gibt es das Hotel "King George", dort ist ein Zimmer für sie bestellt. Den Flug und die Bahnfahrt hat der Verlag bezahlt. An der Kasse liegen für Hotel, Taxi und Tagesdiäten fünfhundert Pfund Sterling bereit. So, Herr Schurig, und nun gute Reise!"
Sebastian Schurig hatte gewußt, daß die "Tigerin" tüchtig sei - aber jetzt war er wie erschlagen von so viel Organisationstalent. Wenngleich er sich als Realist sagte, daß der weitaus größte Teil über ein Reisebüro ging, konnte er nicht umhin, ihr sein Kompliment auszusprechen, als er sich verabschiedete. Dann ging er zur Kassa und erhielt das Geld, mit der Aufforderung, alle Rechnungen zu sammeln und mitzubringen, auch vom Taxifahrer eine Quittung zu verlangen und sparsam mit Trinkgeldern umzugehen!
Nach dem Mittagsessen rief er beim Chefredakteur an, bedankte und verabschiedete sich gleichzeitig, da er heute noch packen müsse, um frühmorgens am Flughafen zu sein.
Der Flug verlief problemlos, der Zubringerbus brachte die Fluggäste nach erfolgter Paß- und Zollkontrolle in die City. Wie Frau Bönisch ihm empfohlen hatte, nahm er ein Taxi zur Victoria Station, dem Londoner Kopf-

bahnhof nach dem südwestlichen England. Der Taxidriver erklärte ihm, daß Waterloo Station näher läge, aber der Eilzug in Richtung Salisbury hält dort nicht.
Kurz darauf, etwa gegen elf Uhr, saß Schurig im Zug, der langsam zur Halle hinausrollte, dann aber sein Tempo erheblich steigerte. Um ein Uhr mittags war er in Salisbury, wo er im Bahnhofsrestaurant speiste und später den Zug nach Wilton bestieg. Endlich langte er im Hotel "King George" an, alles war planmäßig gelaufen. Nur von der Reise war er etwas müde geworden.
Nichtsdestoweniger ließ er sich vom Portier gleich mit der Grafschaftspolizei verbinden. Auch hier klappte es sofort, Sergeant Whatstone war zugegen. Als der Reporter sich vorgestellt und seine Bitte ausgesprochen hatte, sagte der Beamte: "Well, ich habe Dienst bis siebzehn Uhr; dann komme ich sie im "King George" besuchen. All right?"
"Yes, allright, ich warte in der Lounge!"
Nicht lange nach siebzehn Uhr betrat ein baumlanger, schlanker Sergeant die Lounge des Hotels und Schurig erhob sich. Er ging dem Polizisten entgegen: "Glad to see you, Sergeant!" und der antwortete: "How do you do, Mister Schurig?" Es fiel ihm sichtlich schwer, den Namen auszusprechen.
Sie setzten sich und nun brachte der Reporter das Gespräch auf das letzte Fernschreiben. "Oh, I see!" sagte der Sergeant und kratzte sich hinter dem Ohr. Dann erzählte Schurig weiter, alles das, was sich seit dem Verschwinden des gehenkten Raubmörders zugetragen hatte - auf dem Hartberge, in Unter- und Obersteinhausen und in der Hauptstadt seines Landes.
Längst sog der Polizeibeamte an seiner erkalteten Pfeife, immer wieder schüttelte er das Haupt und sagte endlich beeindruckt: "Well, Sir - wenn ich nicht den Anfang und das Ende hier selbst erlebt hätte, müßte ich sie einen goddamned lier, einen Lügner nennen. So aber -" Verunsichert, fand er keine passenden Worte.
Schurig hatte zwei "Scotch on the rocks" bestellt, sie nippten an dem goldbraunen Whisky. Dann legte er Whatstone die Frage vor: "Glauben sie, Sergeant, daß man das Gerippe des Unseligen jetzt finden würde,

wenn man dort nachgräbt?"
Bedächtig antwortete der Beamte: "To believe - Glauben ist eine Sache, facts - Tatsachen sind eine andere. Ein fact ist, daß die Grabstätte offen war, ein zweites fact ist der tote Little, der Schäfer. Das dritte fact ist, daß das Grab zugeschüttet worden ist, ein viertes fact, daß man von einem Tag auf den anderen davon nichts mehr sehen kann. Und jetzt fragen sie mich, was ich glaube? Meine Antwort kann nur sein: Alles und nichts."
Schurig versuchte es anders herum: "Darf man dort graben? Und wen muß man um Erlaubnis fragen?"
"Erstens den Farmer, dem hier der Boden gehört. Das ist der selbe, dessen Schafe dort weiden. Vielleicht den Magistrate, den Friedensrichter, wenn es auf behördliche Anordnung geschehen soll. Den zu überzeugen, wird schwierig sein, denn auch der ist fest der Ansicht, daß es keine Untoten gibt - höchstens in einem Gruselfilm. Allerdings wird er sich gefallen lassen müssen, daß wir - damit meine ich sie, mich, den Dean und die Farmersleute - als sachliche Augenzeugen gegen ihn auftreten. Er hat schon bei der Todesursache des alten Little unfreundliche Äußerungen von sich gegeben und den Sachverhalt als Unfall abgetan. Wenn sie wollen, begleite ich sie gerne zu Dean Korby."
Ich bin für jede Unterstützung dankbar" sagte Schurig, "aber heute werden wir doch nichts mehr erreichen. Der Friedensrichter muß vielleicht nicht bemüht werden, wenn der Farmer seine Erlaubnis gibt. Noch schöner wäre es, wenn er beim Graben hülfe. Aber sie, Mister Whatstone, werden auf ihrer Dienststelle sein müssen und Dean Korby hat ebenso seine Verpflichtungen!"
Der Polizist entgegnete: "Ich habe morgen Spätdienst, bis mittags bin ich frei. Am besten wird sein, daß wir ganz früh am Farmhof sind, bevor die Leute auf die Felder gehen. Inzwischen hält der Dean den Frühgottesdienst, anschließend können wir ihn antreffen. Gehen sie heute zeitig zu Bett, ich werde ein Gleiches tun. Die Farm hat Telefon. Ich rufe noch heute an und melde unseren Besuch für morgen an."

Erfreut dankte der Reporter und erkundigte sich, wann er sich wecken lassen müsse. "Erschrecken sie nicht: um fünf Uhr! Hier im Hotel gibt es um diese Zeit kein "breakfast", aber auf der Farm werden wir kräftig frühstücken, glauben sie mir!" Mit diesen verheißungsvollen Worten verabschiedete sich Whatstone.
Schurig bestellte einen kleinen Imbiß, sah sich im TV noch den Wetterbericht für den nächsten Tag an und ging zeitig zu Bett. Müde, wie er war, schlief er sofort ein. Als der Hausdiener um fünf Uhr klopfte, war er jedoch munter und fühlte sich frisch. "Thank you!" rief er durch die geschlossene Tür, dann ging er unter die Dusche, rasierte sich und kleidete sich an.
Als er um halb sechs in die Halle kam, erhob sich Whatstone aus einem Polsterstuhl: "Good morning, Sir! Wie haben sie geschlafen?"
"Excellent, vorzüglich, Sir! Warten sie schon lange?"
Der Sergeant erwiderte: "Ich bin soeben gekommen und habe mich gerade erst hingesetzt. Also: let's go!"
Draußen stand der Ford des Beamten, nach etwas mehr als zehn Minuten betraten sie das Farmhaus.
Wie vorhergesagt, wurden die beiden Herren zu einem kräftigen Frühstück eingeladen. Toast und Butter, geröstete Lammnieren und fried eggs, das Spiegelei, danach das unvermeidliche "porridge", den Haferbrei. Schurig wollte nicht unhöflich sein, er schluckte ihn mannhaft hinunter. Dann allerdings meinte er, heute könne er nichts mehr essen!
"Sie sind noch ein young man!" sagte die Frau, "Da kann man ein allright breakfast schon vertragen!" Hier schien alles 'allright' zu sein, dachte der 'young man', dann brach man auf. Der Farmer führte sie an den Ort, wo das Grab gewesen sein sollte - man konnte in der Tat keinen Unterschied zur Umgebung feststellen.
Nachdem der Augenschein die Erzählung bestätigt hatte, entfernte der Farmer sich mit einem unbestimmten Winken. Ihm war nicht geheuer bei dem Gedanken, hier graben zu sollen. Der Sergeant und der Reporter gingen zum Auto und fuhren nach Wilton zurück. Dort trafen sie Dean Korby, der soeben den Gottesdienst beendet hatte.

"Bill, this ist Mister Schurig," stellte Whatstone vor, "Sir, this ist Dean Korby!" Freundlich gaben die Beiden sich "shakehands" und Korby sah seinen Freund Tom fragend an.
Wieder betete der Reporter seine Geschichte her und dem Dean ging es, wie allen anderen Zuhörern: von Zeit zu Zeit schüttelte er den Kopf. Als der Erzähler geendet hatte, sah der Dechant vor sich hin, dann zu Tom und dem Besucher, und sprach mehr zu sich, aber für die beiden anderen doch vernehmbar: "Ich habe es zu glauben, obzwar ich selbst den Toten nie gesehen habe. Aber andere haben ihn gesehen: Sie, Mister Schurig, haben ihn gesehen, und Ärzte und Gedarmen haben ihn gesehen.
Unser Glaube hat keine anderen Beispiele, als die Auferstehung des Gottessohnes. Der aber war ein Lebender, das hat er dem Thomas bewiesen.
Glaube ich daran, so muß ich wohl oder übel auch an die Untoten glauben, zumal ehrenwerte Männer mir solches bezeugen. Lassen sie mich bitte in meine Kirche gehen."
Nach einer Weile kam der Dean William Korby zurück: "Ich habe darum gebetet, das Richtige zu tun. Wann sollen wir zu der Grabstelle gehen?"
"Ich richte mich gerne nach ihnen, meine Herren!" beeilte Schurig sich, zu sagen. Whatstone meinte: Übermorgen habe ich Nachtdienst. Wenn sie den Gottesdienst versehen haben, Bill, sind wir bereit. Mit dem Farmer werde ich mich schon einigen."
Damit waren die beiden anderen Herren einverstanden und Sebastian Schurig wurde nach seiner Heimat und den dortigen Gepflogenheiten gefragt, worüber er gerne Auskunft gab. Dann wiederum erkundigte er sich über Verschiedenes auf der Insel, das ihm fremd erschien.
So verschieden die Drei waren, jeder von ihnen wartete schon gespannt auf den Moment, da der erste Spatenstich getan werden sollte, um das Geheimnis an das Licht der Sonne zu bringen.
Dean William Korby hatte ein stabiles Holzkreuz gefügt, das am Kopfende des Grabes eingeschlagen werden sollte, falls wirklich die Leiche des Chevaliers

Lucien de Malmarchais drinnen gefunden wurde - oder zumindest das, was von ihm noch übrig war.
Thomas Whatstone fühlte sich unbehaglich, aber er vertrat die Behörde und hatte seine Pflicht, die er sehr ernst nahm, zu erfüllen.
Sebastian Schurig bündelte seine bisher erhaltenen Quittungen, ordnete seine Notizen, schrieb einen vorläufigen Bericht an die Redaktion, wo dieser dem Kollegen Mathae zugeleitet wurde und wunderte sich über das Stillschweigen der übrigen Medien. Einräumen mußte er allerdings drei Punkte:
Der erste Punkt war das Übereinkommen zwischen Rader und ihm. Er hatte geschwiegen, dafür hatte der Oberinspektor ihm exklusiv die Mitteilungen zukommen lassen. Behörde und Ärzteschaft waren froh, daß bisher nichts an die Öffentlichkeit gelangt war. Weniger gut informierte Medien fürchteten, sich lächerlich zu machen, wenn sie ihrem Leser-, Zuhörer- oder Zuseherkreis solche Mitteilungen vorsetzen wollten.
Der Farmer endlich richtete Spaten, Kreuzhacke und Schaufel her, auch den Vorschlaghammer, um welchen Dean Korby gebeten hatten.
Dann war es so weit. Der Schäfer hatte die Herde auf eine entfernte Weide getrieben. Vier Männer umstanden die genau bekannte Stelle, an der die offene Grube gewesen war, die das Leben des Schafhirten Little gefordert hatte. Der Farmer stieß den Spaten in die Erde.
Whatstone und Schurig hatten sich erbötig gemacht, ihn abzulösen, er aber hatte abgewunken. Stich folgte auf Stich, Scholle auf Scholle warf er neben die Grabstelle. Von Zeit zu Zeit griff er zur Schaufel, um das kleinkrümelige Erdreich zu entfernen.
Noch nicht ganz ein Yard tief spürte der Landwirt, daß sich ein deutlicher Unterschied im Gefüge des Bodens ergab und er grub mit der Schaufel weiter. Da gab es eine helle Stelle, und als er vorsichtig das Erdreich wegschaufelte, fand sich ein Totenschädel. Die leeren Augenhöhlen, jetzt allerdings voll Erde, starrten nach oben.
"Sollen wir weiter graben?" fragte Whatstone. "Wo der

Schädel ist, werden wohl auch die anderen Knochen sein!" Und Korby fügte hinzu: "Wir sollten dem Toten seine Ruhe lassen. Auch wenn er ein arger Sünder war, er hat gebüßt. Gott zürnt nicht ewig. Die Frage lautet jetzt nur noch: Sollen seine Überrest hier liegen bleiben oder soll er ein Grab im Friedhof erhalten?"
Schurig und der Farmer sahen sich an und hoben die Schultern. Der eine, weil er landfremd, der andere, weil es ihm gleichgültig war.
Darum antwortete Whatstone als Vertreter der Behörde: "Wenn es dem Farmer nichts ausmacht, lassen wir den Toten hier ruhen. Was für sein Seelenheil nützlich ist, das überlasse ich ihnen, Bill. Und was sagen sie, Mister Schurig?"
"Ich sage, daß ich weiß, was ich wissen muß. Ihrem Beschluß schließe ich mich an."
Dann ergriff Dean Korby das Wort und betete für den Toten. Sodann ergriff er die Schaufel und half dem Farmer, das Loch wieder mit der aufgeworfenen Erde zu füllen.
Keiner hatte darauf geachtet, daß Wolken am Himmel aufgezogen waren. Noch während sie arbeiteten, begann es zu regnen. Der Schäfer trieb seine Herde heimwärts, Farmer und Korby beeilten sich und schlossen das Grab. Dann ergriff Korby das Kreuz und bat Schurig und Whatstone, es zu halten, während er es mit dem schweren Hammer zu Häupten des Toten in das Erdreich trieb.
Da zuckte ein Blitz herab, der sie alle blendete und wie Puppen wegschleuderte. Der Krach, der ihn begleitete, ließ sie taub werden und erst nach Stunden wieder hören. Regen prasselte herab und durchnäßte sie bis auf die Haut. Ein derart heftiges Gewitter um diese Jahreszeit war ganz außergewöhnlich! Sie retteten sich auf den Farmhof, glücklicherweise schien niemand verletzt worden zu sein. Es war, als ob der Blitz eine Drohgebärde hätte sein sollen.
Da man nicht warten konnte, bis Anzüge und Unterwäsche trocken wurden, erbot sich Whatstone, den Dean Korby und den Reporter Schurig mit seinem Wagen heimzuführen, damit sie sich umkleiden könnten - er

selber natürlich auch.
In seinem Zimmer angekommen, zog sich Sebastian ganz aus und stellte sich unter die Dusche. Heiß, kalt, heiß, kalt ließ er sich das Wasser über die Haut rinnen, bis er wie ein gekochter Krebs aussah. Er frottierte sich ab und kroch in das Bett. Auf das Essen verzichtete er und schlief sofort ein.
Es dämmerte bereits, als er erwachte. In seinem Kopf rumorte ein dumpfer Schmerz, die Lippen fühlten sich trocken und heiß an, in den Augen meinte er Sand zu haben. Schurig klingelte dem Etagenkellner und verlangte heißen Tee mit viel Zitrone, dann kroch er wieder unter die Decke.
Aber statt besser, wurde es schlimmer und ein Schüttelfrost stellte sich ein, der über eine Viertelstunde lang dauerte und ihn stark entkräftete. Jetzt bekam der Reporter es mit der Angst zu tun, hier konnte niemand ihm helfen. Er klingelte nochmals dem Kellner und bat, man möge einen Arzt rufen.
Die Wartezeit benützte er, um ein paar Notizen zu Papier zu bringen, trotz Schmerzen und Fieber zwang er sich zu seiner Pflicht. Die Mitteilungen steckte er in ein Kuvert, das er an den Zeitungsverlag adressierte. Von seiner Erkrankung erwähnte er nichts.
Der Arzt untersuchte ihn gründlich, gab ihm eine Injektion und sagte dann bestimmt: "Hier können sie nicht bleiben. Sie haben eine beginnende Lungenentzündung und müssen sofort in Spitalspflege. Disponieren sie über ihr Gepäck etcetera, ich lasse sie vom Krankenwagen abholen."
Schurigs Einwände wurden zurückgewiesen: "Ich bin der Arzt und für ihr Befinden verantwortlich. Die Entscheidung, die ich getroffen habe, ist notwendig, denn ihre Erkrankung kann schlimm ausgehen." Da gab Sebastian nach. Er bezahlte die offene Rechnung, verlangte, daß Whatstone und Korby verständigt werden sollten und ersuchte die Direktion, sein Gepäck in Depot zu nehmen.
Dann kam die "Ambulance" und führte ihn in das städtische Krankenhaus. Tagelang bemühten sich die englischen Ärzte um ihn, der Dean und der Sergeant

besuchten ihn, so oft es ihnen möglich war.
Eines Tages verlor er den Kampf. Sebastian Schurig war das letzte Opfer des Lucien de Malmarchais geworden.
Als der Sergeant Whatstone vom letzten Besuch bei dem todkranken Sebastian Schurig in seine Dienststelle zurückgekehrt war, lag dort eine Notiz für ihn: "Sofort Colonel Bannister anrufen!" Der Colonel Bannister war der oberste Chef der Grafschaftspolizei.
Whatstone griff zum Telefon und meldete sich: "Sergeant Thomas Whatstone speaking, for your order, Colonel, Sir!"
Die Antwort des Colonels riß ihn um: "Mistake, Irrtum, Whatstone! Ab heute haben sie sich als INSPEKTOR THOMAS WHATSTONE zu melden!"

14. Kapitel

Heute hat mich der Chefredakteur durch Frau Bönisch zu sich rufen lassen. Nachdem ich angemeldet worden und eingetreten bin, sagt er zu mir: "Setzen sie sich, Herr Mathae. Ich habe ihnen eine traurige Mitteilung zu machen. Unser Kollege Schurig ist in England einer Lungenentzündung zum Opfer gefallen. Sein Tod wird mir hier in einem amtlichen Schreiben mitgeteilt, unterzeichnet von einem Inspektor Whatstone und dem Zeugen Dean Korby."
Ich erinnere mich an die Worte Sebastians, die er wie ein Seher gesprochen hatte: "Die meisten Leute sterben im Bett!" Wenn ich daran denke, läuft mir ein Schauder über den Rücken hinunter, und das sage ich auch dem Chef.
Sichtlich berührt, spricht Herr Pollak weiter: "Kollege Schurig hat Verwandte in Obersteinhausen, wo er im Urlaub war. Ich möchte sie bitten, Herr Mathae, daß sie sich mit der Familie in Verbindung sezten. Aus seiner Personalakte weiß ich, daß sein Vater einem Verkehrsunfall zum Opfer gefallen und seine Mutter vor zwei Jahren an Krebs gestorben ist. Ich nehme an, daß die dort seine nächsten Verwandten sind."
Ich nicke mit dem Kopf: "Klar, Chef, mache ich!"
Dann spricht Pollak weiter: "Sein Anliegen war seine Erzählung, die er gerne herausgebracht hätte. Wissen sie etwas darüber?" Ich vermute, daß das die privaten Aufzeichnungen sind, die in seinem Schreibtischfach liegen, das erwähne ich dem Chef gegenüber. Er sagt: "Gehen wir gleich mitsammen hinüber, ich weiß schon, um was es geht."
Frau Bönisch wird instruiert, wir gehen in unser Zimmer und ich schließe Sebastians Schreibtisch auf.
Herr Pollak zieht ein Schubfach nach dem anderen heraus: "Peinliche Ordnung!" kommentiert er. In der untersten Lade ein Paket säuberlich getippter A4-Bogen. Der Chefredakteur setzt sich in Sebastians Sessel und beginnt zu lesen. Nach den ersten zwanzig Blättern sagt er: "Das ist es. Lieber Kollege Mathae, ich habe eine Bitte: Lesen sie sich diese Aufzeichnungen durch,

machen sie einen druckreifen Roman daraus. Damit kommen sie dann zu mir." Das verspreche ich ihm.
Ganz unten liegt ein braunes Kuvert. Drinnen liegt ein Packen Fotos. Auf einigen sieht man einen Rasenfleck - haarscharf sind die einzelnen Gräser zu sehen - aber sonst nichts. Auf anderen Bildern sieht man Instrumente, wie sie von Chirurgen gebraucht werden, auch Hände, die welche über einen Operationstisch halten, wie es scheint, sonst nichts. Eine Serie von Bildern sieht aus, als ob die Instrumente in der Luft hängen würden.
Der Chef sieht sich die Bilder an, gibt sie in das Kuvert zurück: "Ich ahne, was diese Bilder zeigen sollen. Sie werden es lesen, dann können sie sie dem Text zuordnen. Ich gehe jetzt; erzählen sie mir dann von ihrer Rücksprache mit der Familie."
Zunächst einmal nehme ich die Notizen zu mir, später werde ich beginnen zu lesen. Jetzt suche ich im Telefonbuch nach Schurig, Obersteinhausen.
Da finde ich die Rufnummer: Schurig Georg, Gasthaus zu den drei Grafen. Ich wähle durch, es meldet sich eine Frauenstimme und ich stelle mich vor: "Kann ich bitte mit Herrn Schurig sprechen?" Sie fragt: "Sind sie der Kollege vom Verlag?" - "Ja, der bin ich." - "Moment bitte! Papa, Papa, Telefon! Ein Herr Mathae wegen Bastel!"
Dann eine Männerstimme: "Schurig, was gibt's denn?" Ich schildere ihm den Stand der Dinge.
"Der Bastel tot? Ich kann's nicht fassen!" würgt er heraus. Dann, nach einer Weile: "Wissen sie was, Herr Mathae; wir sind die nächsten Verwandten, mein älterer Bruder und ich. Jetzt, in der zweiten Septemberhälfte ist unter der Woche in meinem Gasthof nichts los, ich kann ihn auf zwei, drei Tage zusperren und ein Schild hinhängen: "Wegen Todesfalles geschlossen."
Der Bastel hat - soviel ich weiß - alleine gewohnt, da müssen wir auch sicher einiges erledigen; meine Tochter und ich fahren in die Stadt. Morgen gleich! Von wegen Post und so. Nach dem Mittagessen kommen wir zu ihnen. Werden sie da sein?" - "Ich werde da sein." - "Also dann, auf Wiedersehen morgen!"

Schurig Vater und Tochter kommen kurz nach mittags in den Verlag, werden zu mir ins Zimmer geführt. Wir reichen uns die Hände, ich biete Platz an.
"Schon komisch, diese Geschichte," beginnt er: "Wir können jetzt gar nichts tun, bevor das Gericht die Erbschaft freigibt. Viel wird es wohl nicht sein. Einige Möbelstücke, wenn sie nicht mit angemietet waren. Wäsche, Garderobe. Radio, Fernseher, was weiß ich? davon haben wir nie gesprochen."
Wie wenig doch einer vom anderen weiß, sogar in der Familie!
Ich frage rundheraus: "Und die Beerdigung? Soll der Sebastian hierher überführt - oder in England begraben werden?" Onkel Schurig - ich nenne ihn in Gedanken auch schon so, hebt die Schultern: "Weiß ich, was das kostet?"
Ich frage: "Wo sind denn seine Eltern bestattet?" Schurig erwidert: "In meinem ersten Schreck habe ich daran gar nicht gedacht! Am Friedhof in Untersteinhausen hat die Familie ein Doppelgrab auf Friedhofsdauer, zehn Jahre voraus bezahlt. Naürlich kann der Bastel dorthin gelegt werden, das bezahlen wir selbstverständlich, mein Bruder und ich. Nur - wie kriegen wir ihn da hin?"
Ich bemühe mich, sachlich zu überlegen: Wenn der Verlag das Buch herausbringt, können die Überstellungskosten aus dem Verkauf abgedeckt werden. Dann kann aber nicht Sebastian Schurig als Autor genannt werden, weil das Erbschaftsgericht sofort die Hand auf den Erlös legen würde.
Ich bitte die beiden, zu warten und lasse mich beim Chef anmelden. Glück muß man haben, er ist bereit, mich anzuhören. Ihm trage ich mein Anliegen vor.
"Das wäre zu machen. Wissen sie was? Sie sind der Autor des Romanes, dadurch ist der tote Kollege dem Gericht gegenüber uninteressant. Der Bearbeiter sind sie bereits, also liegt kein Vergehen gegen das Plagiatsgesetz vor. Der Verlag finanziert die Überstellung und zieht die Kosten als Vorschuß vom Erlös ab. Grüßen sie die Schurigs von mir!" Und er winkt mich hinaus. Ich beeile mich, dieses Angebot weiterzugeben. Onkel

Schurig dankt für die Unterstützung, die Tochter kann ein Schluchzen nicht unterdrücken.
Es ist Anfang Oktober, als der Sarg meines Kollegen in die Grube sinkt. Alle sind sie da, ohne Ausnahme und Ausrede: Professor Filipowitsch und Doktor Meyerweck, Doktor Löwenstein und der Postenkommandant, die Grabrede hält Herr Pollak und die Aussegnung nimmt Pastor Nimetz vor.
Dann lädt "Onkel Schurig" die Trauergäste zum Totenmahl und alle fahren wir "Zu den 3 Grafen".
Als wir oben eintreffen, sitzen schon Gäste dort. Es stellt sich heraus, daß der Graf von Eckstein mit seiner Familie angekommen ist.
Da beginnt wiederum ein Fragen und Antworten, es geht bis in die späte Nacht hinein.
Jetzt werden Sie, liebe Leserschaft, fragen: "Na, und was ist endlich mit der Erzählung des Sebastian Schurig?"
Sie haben sie soeben gelesen.

EPILOG

Eigentlich bleibt nur noch die Frage zu beantworten, wie die neue Freundschaft zwischen den Familien Schurig und Reiser ausgegangen ist.
Manche werden es Zufall nennen, andere werden vielleicht von Fügung sprechen, daß die Lieselotte Schurig den Hannes Reiser geehelicht hat - oder er sie, das kann man halten, wie man mag.
Aber das ist schon wieder eine ganz andere Geschichte.

ÜBER DEN AUTOR:

Der Autor **Rudolf Matthias Schmolz** wurde 1920 in Wien geboren. Mit fünfzehn Jahren wurde er Lyriker, nach dem Krieg und der Heimkehr Satiriker.
Von Beruf zuerst gelernter Kaufmann, schaffte er sogar während des Krieges und in der Nachkriegszeit das Ingenieurstudium. Erst als Pensionist fand er Zeit, seine Notizen und Entwürfe zu ordnen, brachte 1986 die Gedichtesammlung "Meine heitere Welt" heraus, 1989 den Politkrimi "Die ich rief, die Geister..." und im selben Jahr die "Chronik von Langenzersdorf", seinem Wohnort, wofür ihm der Kulturpreis verliehen wurde.
Eine größere Anzahl Kurzgeschichten sowie Romantexte liegen bereit, eine autobiographische Erzählung soll folgen.

Gedichte und Erzählungen verschiedener Autorinnen und Autoren: Textsammlungen über Liebe bei Zwiebelzwerg

Es bleibt eine Narbe zurück
ISBN 3-925323-16-3
Unsere erste Anthologie, die sich mit dem Thema 'Liebe & Trennung' beschäftigte.

Du tust mir weh
ISBN 3-925323-17-1
Kurz danach das zweite Buch zu diesem Thema, zu dem es so viel zu schreiben gibt.

Es muß wohl Liebe sein
ISBN 3-925323-21-X
In diesem Buch beschäftigen sich Autorinnen und Autoren mit dem Thema Liebe, ohne schmerzliche Aspekte.

Immer wieder Herzklopfen
ISBN 3-925323-47-3
Die vierte Anthologie zum Thema Liebe. Ein besonders dickes, spannendes und schillerndes Buch!

Es schneit in meinen Gedanken
ISBN 3-925323-71-6
Nach vielen Bücher über Liebe - meist ohne schmerzliche Aspekte - nun eine Textsammlung, die sich nur mit dem Liebeskummer beschäftigt.

Ich lieb' mich verrückt
ISBN 3-925323-72-4
Das Thema 'Liebe' ist unerschöpflich - jederzeit können neue, schöne und wichtige Texte dazu geschrieben werden, die für den Leser ein großes Vergnügen sind, aber auch eine wichtige Erfahrung sein können.

Heimliche Liebe
ISBN 3-925323-83-X
Der Titel sagt alles über die Thematik dieses Buches!

JEDES BUCH IST AUF FARBIGEM PAPIER GEDRUCKT, ILLUSTRIERT UND KOSTET DM 12,-

Diese Bücher aus unserem Verlag dürften Sie auch interessieren:

Schade, daß du gehen mußt
ISBN 3-925323-20-1 Dieses
"Keineswegs versponnen esoterisch und blind klagend präsentiert sich das schmucke Bändchen. Diese Anthologie von Gedichten und Geschichten über Abschied und Tod atmet vielfach geradezu gelassene Heiterkeit und weise Einsicht ins Unabänderliche. Wer vom Schicksal geschlagen ist, wird Trost finden im allgemeingültigen Klagen und Anklagen gegen die Unausweichlichkeit des Fatums. Philosophisches und Anklagendes, Weises und Auflehnendes enthält dieses Bändchen: Ein Wegweiser für Menschen, denen ihr Schicksal nicht gleichgültig ist." (Österreichisches Literaturforum)

Wenn das Ende nicht mehr weit ist
ISBN 3-925323-68-6
Die zweite Textsammlung zum Thema Sterben und Tod.

Weit hinter dem Regenbogen
ISBN 3-925323-80-5
Das dritte Buch mit Beiträgen zum Thema Sterben.

Wie ein Baum, der gefällt wird
ISBN 3-925323-22-8
Eine literarische Auseinandersetzung mit unserer Umwelt & ihrer Zerstörung.

Das sind die Starken im Leben ... die eigenes Leid vergessen und andere glücklich machen.
ISBN 3-925323-36-8
Ein Buch über Menschen, die versuchen, ihr Leben zu meistern.

Ich such' Dich in jedem Gesicht
ISBN 3-925323-81-3
Nach 'Das sind die Starken im Leben' eine weitere Textsammlung, die sich mit "Mitmenschlichkeit" auseinandersetzt.

JEDES BUCH IST AUF FARBIGEM PAPIER GEDRUCKT, ILLUSTRIERT UND KOSTET DM 12,-